DE KUS VAN DE ZEEMEERMAN

GEBONDEN AAN MONSTERS

BOEK EEN

TAMSIN LEY

Twin Leaf Press

Omslag door Tamsin Ley

Papieren versie
ISBN-13: 979-8-89548-0-496
Copyright © 2026 Twin Leaf Press
Oorspronkelijk Copyright © 2017 Twin Leaf Press
Alle rechten voorbehouden.

Twin Leaf Press
PO Box 672255
Chugiak, AK 99567

<h1 style="text-align:center">HOOFDSTUK 1</h1>

Brianna gooide de zwangerschapstest in de prullenbak in de badkamer en kroop bij Eric in bed. Hij had zijn laptop op zijn knieën en bestudeerde een van zijn rapporten met financiële prognoses.

'Negatief,' zei ze, vechtend tegen een brok in haar keel. De lakens voelden ijskoud aan tegen haar huid.

Zonder zijn blik van het scherm af te wenden, stak hij zijn hand uit en gaf haar een klopje op de schouder. 'Volgende maand proberen we het gewoon opnieuw.'

Na een doodgeboren dochtertje, bijna twee jaar geleden, hadden ze het advies van de dokter opgevolgd om een jaar te wachten voordat ze het opnieuw probeerden. Nu was er alweer een jaar voorbijgegaan zonder een sprankje hoop. Wat als ze haar enige kans om moeder te worden had verspeeld? Een traan ontsnapte uit haar ooghoek en trok in het kussen. 'Misschien moeten we ermee ophouden.'

'Als dat is wat je wilt.' Hij scrolde met de muis verder.

Brianna's borst deed pijn. 'Eric?'

'Mmm?' Hij tikte met zijn vinger op de touchpad.

'Eric.' Haar stem sloeg ditmaal echt over. Eindelijk keek hij weg van de computer. Zijn ogen deden haar denken aan de vissen in het aquarium op zijn kantoor: rond, donker en emotieloos. Ze slikte haar tranen weg en boog haar hoofd naar voren, zodat haar wang op zijn arm kon rusten. 'Vrij met me.'

De spieren in zijn onderarm spanden zich aan toen hij die onder haar vandaan trok. Haar hart sprong een tel op van hoop, maar toen legde hij zijn arm weer neer op de bovenkant van haar kussen. Hij klopte haar tussen de schouderbladen en richtte zijn blik weer op de computer. 'Het is laat. We proberen het de volgende cyclus wel weer.'

De zoute bries die over de pier blies, deed denken aan tranen. Achter haar liepen een paar verspreide mensen over de promenade, bezig met hun zaken in het naseizoen. Voor haar was er alleen een lege, kleurloze grijze lucht en water.

Brianna stapte van de pier af.

De zware loden gewichten die om haar middel vastgesnoerd zaten, deden hun werk en trokken haar snel genoeg naar de bodem om haar oren te laten ploppen.

Men zei dat verdrinken relatief vredig was, maar het zoute water prikte in haar ogen en neus. En het water was koud. Heel erg koud. Terwijl het licht boven haar vervaagde tot een troebel blauw, zag ze de laatste luchtbellen uit haar bloes omhoog borrelen. Wie had gedacht dat de bodem zo ver naar beneden was? Een school vissen blokkeerde even het weinige licht, en toen waren ze verdwenen.

Haar borst brandde van de noodzaak om adem te halen, maar ze was bang om adem te halen. Wist ze zeker dat ze dit wilde? Zij en Eric waren al drie jaar getrouwd voordat ze besefte dat hij zo'n ijskonijn was en nooit zou veranderen. Zelfs de doodgeboorte van de kleine Pauline leek hem niet te raken. Maar hij was ook niet de enige vis in de zee. Zou een scheiding werkelijk zo erg zijn? Vlak voordat hij stierf, had haar vader haar laten zweren dat ze nooit van haar echtgenoot zou scheiden. De manier waarop haar moeder hem had verlaten, had een stuk uit zijn ziel gerukt. Dus had ze het beloofd.

Maar hij was er nu niet meer. Dit was haar leven.

Of haar dood.

Dit is stom! Ze graaide naar de riem van touw die zwaar tegen haar heupen drukte. Het hele ding zat vol knopen op de plekken waar ze de gewichten van twee en een halve kilo had bevestigd. Welke knoop hield alles bij elkaar? Haar wijde bloes, die zo handig was geweest om de gewichten op het land te verbergen, bolde op in de stroming. Ze kon de knopen niet zien. Met beide handen tilde ze de zoom van haar shirt op en trok het kledingstuk over haar hoofd. De gulzige greep van het water voerde het onmiddellijk mee.

Haar achterwerk stuiterde op de zeebodem, waardoor een wolk slib opwaaide. Een stroom luchtbelletjes perste zich tussen haar lippen door. Ze klemde haar mond stijf dicht. De lucht ontsnapte in plaats daarvan via haar neus. Haar gemartelde longen brandden alsof ze op het punt stonden te ontploffen.

Haar linkervoet schraapte langs steen en ze probeerde te gaan staan. Om zich naar de oppervlakte af te zetten. De rots gleed onder haar vandaan terwijl het tij haar mee de zee op nam.

Ze was zo stom geweest. Waarom had ze gedacht dat ze dood wilde? En dan ook nog op deze manier, als vissenvoer? Met ogen die brandden van het zoute water en die ze in het schaarse licht tot het uiterste inspande, zocht ze naar de juiste knoop. Haar vingers waren gevoelloos van de kou. Ze tintelden. Er ontsnapte meer lucht uit haar neus. Haar longen schreeuwden om adem.

Het licht werd zwakker. Met beide handen duwde ze tegen de riem, in een poging die over haar heupen naar beneden te wurmen. Het touw rekte een beetje uit. Misschien kon ze eruit glibberen. Maar de tailleband van haar capribroek dwarsboomde dat plan. Ze maakte haar broek los en liet hem langs haar benen naar beneden glijden, waarbij haar slipje meeging. Met een trappende beweging liet ze de stof over aan de stroming.

Zonder dat ze het wilde, zogen haar longen een teug water naar binnen en ze boog dubbel van het hoesten. Toen waren haar longen vol. Er was geen lucht meer om te hoesten. Haar naakte benen schraapten over de rotsachtige bodem.

Haar zicht werd zwart door het gebrek aan zuurstof. Of was ze dieper gezonken? Er daalde een vreemde kalmte over haar neer. Een andere school vissen blokkeerde het troebele licht. Ze knipperde met haar ogen. Misschien zou de dood niet zo erg zijn. Net als in slaap vallen. En misschien zou haar baby aan de andere kant op haar wachten.

Sterke handen grepen haar armen boven de ellebogen vast. Een man met piekerig haar en glinsterende ogen staarde haar aan. Er was iemand gekomen om haar te redden! Ze sloeg haar armen om zijn nek. Althans, dat probeerde ze. Het water vertraagde haar beweging. Haar beide benen klemden zich om zijn middel, alsof ze via hem naar de oppervlakte wilde klimmen.

Zijn ogen werden groot, metaalachtig zilver onder een donkere wenkbrauwlijn. Gladde huid gleed onder haar vingertoppen door. Zijn gezicht kwam dichterbij, zijn ogen boorden zich in de hare. Een stevige mond vond de hare en zijn tong gleed naar binnen.

Ze hapte naar adem, waarbij de duizeligheid van het verdrinken overging in het wervelende waterballet van verlangen. Als een lokaas riep de dansende tong instincten in haar op waarvan ze niet wist dat ze die bezat. Het veroorzaakte een bonzend verlangen in haar kern, een behoefte die groter was dan haar behoefte aan lucht. Ze boog haar hoofd en beantwoordde de kus, verstrengelde haar tong met de zijne en stuurde elektrische schokken rechtstreeks naar haar binnenste. Door haar verstrengelde benen trok ze haar heupen tegen de zijne. Ze schuurde tegen de harde lijn van een erectie.

Een langgerekte toon—niet helemaal een kreun, niet helemaal een lied—omhulde haar. Het drong diep door in haar botten. Hij trok zich iets terug, zijn handen op haar heupen. De kus ging verder in een plagende nabootsing van de daad.

Een fractie van een seconde vroeg ze zich af of dit het resultaat was van een laatste, stervende fantasie. Een poging van haar geest om haar te beschermen tegen de gruwel van de dood. Maar toen was dat moment voorbij en kende ze alleen nog maar verlangen. Het verlangen om één met hem te zijn. Om hem in haar te voelen. Om de dood te verdrijven met de handeling die juist leven schiep.

Met haar benen nog steeds om hem heen geklemd, trok ze hem weer dicht tegen zich aan. Ze boog haar rug om hem tegemoet te komen. Ze smeekte hem zwijgend om meer.

En zo natuurlijk als ademhalen, vulde zijn lid haar.

Wat...? De gedachte echode in haar brein, alsof ze zowel zijn gedachten als die van haarzelf hoorde.

Toch had ze geen tijd om stil te staan en na te denken. Zijn handen gleden naar beneden om haar billen te omvatten en haar dichterbij te trekken. Hij bewoog golvend tegen haar aan als een golf.

Duizelig van extase bewoog ze haar heupen mee op zijn ritme. Ze wierp haar hoofd naar achteren zodat de hoek van hun vereniging haar diepste plekjes raakte. Rillingen schoten door haar dijen en verzamelden zich in de kern van haar buik. Dit was primair. Een behoefte die groter was dan ze voor mogelijk had gehouden. Een opeising die alle gedachten aan iets anders dan bevrediging uitschakelde.

Overal om hen heen kolkte de stroming terwijl hij stootte. Puur instinct zorgde ervoor dat ze haar benen strakker om zijn middel klemde. Niets deed er nu meer toe behalve het hoogtepunt. De bedwelmende ontlading van iets wat groter was dan ze ooit had ervaren. Hitte spoelde over haar heen en verzengde haar van top tot teen. Tuimelende gedachten botsten in haar hoofd op elkaar. Seks. *Magie.* Hitte. *Adem.* Leven. *Ja!*

Ze schreeuwde dat laatste woord uit, terwijl ze haar hoofd naar achteren wierp en haar orgasme haar deed schudden.

De vingers van de man boorden zich diep in haar billen terwijl hij samen met haar klaarkwam.

Met gesloten ogen en een borst die zwaar op en neer ging van de inspanning, ontspande ze zich in zijn armen. Haar hartslag bonsde in haar oren en haar ledematen voelden zo slap als een kwal. Seks met Eric was altijd lauw geweest. Klinisch. Ze had geprobeerd het hem naar de zin te maken, maar had nooit de extase gevonden waarover zoveel van haar vriendinnen zo enthousiast over waren. Nu wist ze waar al die ophef over ging.

Een gespierde arm sloeg zich om haar middel en een waterstroom duwde haar haar uit haar gezicht weg. Ze opende haar ogen en haar adem stokte in haar keel. Toen verstijfde ze. Adem? Ze haalde adem. Hoe kon ze ademhalen?

De gewichten die ze droeg, drukten in haar heup terwijl hij haar dicht tegen zich aan hield. Met verbazingwekkende kracht dreef hij hen door het water, gefocust op iets voor zich. Haar blik gleed over zijn piekerige haar en naakte schouder. Op zijn rug rees zijn ruggengraat op in een getande waaier. *Een vin?*

Ze knipperde met haar ogen en vroeg zich af of haar ogen haar in het troebele licht bedrogen. Ze was onder water. Maar ze haalde adem. Ze liet een hand over zijn schouderblad glijden en omhoog langs de vin naar de eerste benige punt. Terwijl ze haar hoofd draaide, keek ze langs de lengte van zijn lichaam naar beneden. Zout water schoot haar keel in. Waar benen hadden moeten zitten, eindigde een zilveren staart in een golvende vin. *Deze man heeft een staart.*

Ze had zojuist seks gehad met een zeemeerman. En nu nam hij haar mee, dieper de zee in.

HOOFDSTUK 2

De warmte van het vrouwtje stroomde als een bedwelmende drug door zijn bloedbaan. Zantu had haar zien worstelen en was alleen maar van plan geweest haar lichaam te doorzoeken op bruikbare spullen, een zwakte die hij van zijn vader had geërfd. De schittering van goud om haar hals had hem ertoe gebracht dichterbij te komen. Toen had ze zich om hem heen geslagen als een inktvis. Een heel warme inktvis. Zijn lul was uit zijn schede geschoten als de hoorn van een narwal door het ijs, klaar om haar hitte op te eisen nog voordat zijn brein de tijd had gehad de handeling te verwerken. De onomkeerbare handeling.

En nu bezat de groenogige schoonheid hem, met lichaam en ziel.

In tegenstelling tot de meer promiscue meerminnen, die alles met een penis zouden opzoeken en ermee zouden paren, bonden zeemeermannen zich voor het leven. Een zeemeerman die een verbintenis aanging, was gedoemd tot een leven van ellende, terwijl zijn partner keer op keer vreemdging. Hij zou de kinderen grootbrengen en hen vertroetelen als een zeepaardjesvader, tot ook zij hem verlieten. De meeste zeemeermannen stierven aan een gebroken hart.

Zantu klemde zijn kaken op elkaar en verstevigde zijn greep om zijn nieuwe partner heen. Hij had gevoeld hoe ze verstijfde, waarschijnlijk om in de armen van een andere man te vluchten nu ze had genomen wat ze wilde. Maar Zantu was niet van plan dat te laten gebeuren. Hij was vastbesloten een manier te vinden om haar net zo sterk aan zich te binden als hij aan haar vastzat.

Hij zou een manier vinden om dit grillige vrouwenhart te beteugelen.

De vrouw spartelde in zijn greep en maaide nutteloos met haar ledematen terwijl hij over de eerste afgrond richting de broedplaatsen dook. Haar nagels boorden zich in het vlees van zijn schouder en haar naakte benen gleden langs zijn staart.

Benen.

Hij had nooit gedacht dat hij zich aan een mens zou binden. Meerminnen verleidden voortdurend mannen, maar zeemeermannen, die de verleidingskunsten van de vrouwen misten, vermeden elk contact tegen elke prijs. Menig verhaal waarschuwde voor mensen die voor de sport op zeemeermannen joegen.

Terwijl de vrouw worstelde, schuurde het bosje haar dat haar vrouwelijke delen bedekte tegen zijn heupen, heet en uitnodigend. Zijn lul roerde zich opnieuw bij die uitnodiging. Er was hem verteld dat de band sterk zou zijn als het eenmaal gebeurde, maar de aantrekkingskracht die hij voelde was even onvermijdelijk als het getij. Hij verlegde zijn greep zodat ze onder hem lag en hem aankeek, met haar ogen op hem gefixeerd. Ze opende haar mond alsof ze wilde spreken, maar er kwam geen geluid uit. Was ze stom? Of had ze misschien geen zuurstof meer? De magie in zijn kus had haar in staat moeten stellen om net zo gemakkelijk te ademen als een diepzeebewoner, tot de nieuwe maan. Daarna zou de magie vernieuwd moeten worden, anders zou ze verdrinken. Tenminste, dat was wat de meerminnen zeiden over de mannen die ze verleidden. Maar misschien was de kus van een zeemeerman niet zo sterk?

Nadat hij even vooruit had gekeken om er zeker van te zijn dat hij op koers lag, boog hij zijn hoofd naar haar toe en bedekte haar mond met de zijne. Haar lippen waren ongelooflijk zacht en bewogen tegen de zijne terwijl ze probeerde te praten. Haar handen kropen over zijn schouders en gleden langs zijn rugvin, wat rillingen over zijn huid joeg. Het verlangen laaide weer in hem op en hij drukte haar steviger tegen zich aan. De gedachte aan verder reizen verdween toen hij zijn tong tussen haar tanden duwde, ronddraaide en stootte. Zijn schacht kwam opnieuw uit zijn schede, klaar voor een nieuwe verbintenis.

Haar benen fladderden en hij krulde zijn staart omhoog, tussen haar benen, waarbij hij zijn heupen tegen de hare drukte. Haar hitte wachtte op hem, glibberig en heet. Haar benen klemden zich om hem heen vast als een val en haar zachte borsten brandden tegen zijn borstkas. Haar mond smaakte naar door zonlicht gespikkelde golven.

Wat ben ik aan het doen? De gedachte was niet van hem. Bij de diepten, hij was er werkelijk gloeiend bij. Alleen de sterkste banden stelden een zeemeerman in staat om de gedachten van zijn partner te horen. De enige band die nog zeldzamer was, was die waarbij de vrouw de man kon horen.

Hij opende zijn ogen. Misschien… Haar oogleden waren gesloten, haar lippen gezwollen van de kussen. *Blijf bij me,* dacht hij. Ze wierp haar hoofd naar achteren, terwijl haar mond geluidloze woorden vormde, maar haar handen hielden hem stevig vast bij zijn schouders. Misschien hoorde ze hem. Misschien niet. Het enige wat hij kon doen was haar zo dicht mogelijk bij zich houden, zo lang als hij kon.

Terwijl hij haar tegen zich aandrukte, liet hij een spoor van kussen achter op haar hals. Eén hand vond haar borst en omsloot die, terwijl hij de tepel tergde tot een koraalrood knopje. Ze sidderde en haar nagels groeven zich in zijn rug terwijl haar diepten zich om hem heen samentrokken. Zijn testikels bonsden van de drang om zich te ontlasten, maar hij weigerde het moment zo snel voorbij te laten gaan. Hij trok zich terug tot de top van zijn lid haar plooien nog maar net plaagde. In zijn geest hoorde hij haar janken en smeken om meer.

Nog niet. Ik ben nog niet klaar met je.

Ze wiegelde met haar heupen tegen hem aan en drukte haar clitoris langs zijn wachtende lengte. Haar tong gleed over haar lippen en nodigde hem uit om te proeven, maar hij verzette zich en staarde haar slechts aan, vechtend tegen zijn eigen verlangen. Het uitoefenen van dergelijke controle was even bedwelmend als haar bestijgen. De drang was sterk, maar niet overweldigend. Hoe kreeg hij dit voor elkaar? Een zeemeerman hoorde niet in staat te zijn de lust van zijn partner te weerstaan, geen moment; hij was aan haar grillen overgeleverd als een kwal aan de getijden. Als hij het zo kon volhouden, was er misschien hoop voor hem.

Toen opende ze haar ogen en haar lippen vormden geruisloos het word, 'Alsjeblieft.' Hij was inderdaad verloren. Met een huivering gleed hij bij haar naar binnen en stootte zijn heupen tegen de hare. Ze volgde zijn ritme, wierp haar hoofd achterover en bewoog met hem mee tot zijn staart zich krulde in de extase van de ontlading.

Hij zakte tegen haar aan, hield haar voorzichtig vast en liet de stroming hen meevoeren waarheen die ook maar wilde. Vijfendertig jaar lang had hij zijn noodlot ontlopen en daarbij vele verleidelijke aanbiedingen ontweken. De laatste tijd had zijn biologie hem herhaaldelijk bijna de afgrond in gestort. Een ravijnzwarte verleidster met een stem als een orka. Een groenstaartige tovenares met een gouden rugvin waarvan hij later hoorde dat die was ingesmeerd met liefdesgif.

En toch was hij nu, verbonden als hij was, opgelucht. Hij hoefde niet langer in angst te leven voor andere meerminnen. Voor vallen en listigheid. En misschien zou hij bij een mens in staat zijn om enige controle te behouden. Misschien kon hij zelfs de vloek van zijn noodlot afschudden.

Er woedde een strijd in zijn binnenste terwijl hij zijn partner dicht bij zich hield, terwijl een ver weg gelegen, beschermd deel van zijn geest een plan beraamde om zich van haar te ontdoen.

Maar voor nu zou hij alles doen wat in zijn macht lag om haar te beschermen.

HOOFDSTUK 3

*B*rianna dreef daar, zo slap als zeewier, en koesterde zich in de gloed van het vrijen met de zeemeerman. Hoe instinctief de daad ook was geweest, ze zag het nog steeds als vrijen. Ze had kunnen zweren dat hij zijn toewijding in haar oor had gefluisterd terwijl ze zich met elkaar verenigden. Of misschien was het slechts haar onbewuste verlangen om bemind en gekoesterd te worden.

Ze opende haar zware oogleden, maar kon in de inktzwarte diepte niets zien behalve de schouders van de zeemeerman. Zonder dat ze zijn gelaatstrekken kon onderscheiden. Misschien was dit allemaal een droom en was ze dood. Kon je dromen als je dood was? Wat het ook was, ze wilde nooit meer wakker worden. Niet als de dood zo was. Met een zucht sloeg ze haar armen om het middel van de zeemeerman en drukte haar wang tegen zijn schouder. Hij rook naar de zilte zee en kruiden tegelijk.

Ik vraag me af hoe hij heet.

Een stem als een lied bereikte haar. *Zantu.*

Ze giechelde en er kietelden luchtbelletjes tegen haar neus. *Nu hoor ik ook al stemmen. Wat voor naam is Zantu eigenlijk?*

De hand waarmee hij over haar onderrug had gestreeld, verstilde. Hij duwde haar van zich af om haar aan te kijken, zijn handen als klauwen om haar bovenarmen. *Kun je me horen?*

Zijn zilveren ogen flitsten fel en hij grijnsde; elk van zijn hagelwitte tanden was zo scherp als een dolk. Hoe was haar dat niet opgevallen terwijl ze kusten? Voor het eerst was ze bang.

Kun je me horen? De welluidende stem zweefde opnieuw door haar geest.

Een rilling begon in haar borstkas en denderde naar buiten door haar botten. Haar hart bonsde zo hard dat haar gezichtsveld bij elke slag schokte. Ze slaagde erin naar hem te knikken.

Hij liet met één hand haar bovenarm los en streelde haar wang.

Ze deinsde achteruit bij het zien van de lichte vliezen tussen zijn vingers. Er vormde zich een woord in haar hoofd toen haar blik op zijn bewegende staart viel. *Monster.*

Zijn hand zweefde op millimeters van haar wang en ze sloeg haar ogen op om de zijne te ontmoeten, plotseling doodsbang dat hij het gehoord had. Hij glimlachte niet meer. Zijn vloeibaar-zilveren ogen glansden als twee manen. *Het spijt me,* dacht ze, in de hoop dat hij haar kon horen.

Hij zoog zijn wangen naar binnen alsof hij zichzelf dwong niet te spreken en liet zijn hand van haar gezicht glijden. *Kom.*

Zijn andere hand gleed langs haar arm naar beneden om haar hand vast te pakken en hij draaide zich om. Met een krachtige slag van zijn staart trok hij haar met zich mee en sleepte haar achter zich aan als drijfhout.

Zantu's vreugde over de ontdekking van de wederzijdse telepathische band smaakte als meeuwenstront op zijn tong. Ze vond hem een gruwel? Een monster? Natuurlijk vond ze dat. Haar soort joeg op de zijne. Er kon geen liefde tussen hen bestaan.

Ik ben Brianna, dacht ze naar hem, maar hij gaf geen antwoord. Dat kon hij zich niet veroorloven. Hij moest een manier vinden om deze onheilige band te verbreken voordat hij alle geheimen van het zeekoninkrijk aan een buitenstaander onthulde. Voordat ze haar volk kon optrommelen om hen uit hun nesten te jagen.

Terwijl hij zijn staartspieren aanspande alsof hij op de vlucht was voor de tanden van een orka, dook hij met haar door de getijdenstroom naar de diepere wateren, waar hij haar vast kon houden tot hij een plan had gevormd. Normaal gesproken zou de zwemtocht hem minder dan een kwartgetijde kosten, maar met het extra gewicht van zijn partner kon hij niet zo snel bewegen. Hij spiedde door het water voor hem uit, op zijn hoede voor haaien en andere roofdieren die misbruik zouden kunnen maken van zijn handicap.

Een trillende lach trok zijn aandacht, gevolgd door drie toonladdernoten en de onderliggende trillingen van een visharp. Zijn rugvin klapte plat tegen zijn rug. Zeemeerminnen. Een melodie zweefde door het water, een bekende cadans, magie om verlangen op te wekken. Hij kende die stem. Loia. Ze had hem eerder in verzoeking gebracht, hem bijna in haar net gevangen. Maar nu voelde hij slechts een flauwe echo van de kracht van haar lied. Zijn band was gesmeed en ze kon hem niet langer beïnvloeden.

Terwijl zijn vin fier overeind schoot, verlegde hij zijn koers en stevende recht op de muziek af. Hij kon niet wachten om haar gezicht te zien wanneer ze besefte dat ze hem kwijt was.

In het midden van een school kleine zilvervisjes zag hij de weelderige indigostaartvin van de zangeres. De vissen schoten heen en weer en flitsten op de maat van haar stem, terwijl ze in een magische waas daalden, stegen en ronddolden. Haar haar golfde naar buiten als een blauwe zeewaaier, terwijl haar borsten, bleek als albast en met violetblauwe tepels, als lokaas op en neer deinden. Weelderige indigolippen zongen beloftes van gelukzaligheid.

Zijn keel kneep samen. Haar magie was sterk. Zelfs met zijn band met zijn nieuwe partner trok het lied van de meermin aan hem, brandde het door zijn bloed en liet het zijn schacht zwellen terwijl zijn lid meebonsde op het ritme van de dansende vissen.

Ze zag hem. Haar gouden ogen vernauwden zich en haar lippen krulden in een roofzuchtige grijns, zelfs terwijl ze doorzong. Haar vingers streelden de tanden van een visharp die ze in één arm hield en lokten tonen uit het diepste van elke met goud getipte tand terwijl ze zong over liefde en verlangen.

De hand van zijn partner klemde zich steviger om zijn vingers; hij was heel even vergeten dat ze er was. Zijn hart bonsde tegen zijn ribbenkast. Dankzij zijn partner zou hij veilig zijn voor het lied. Hij trok haar naast zich en sloeg een arm om haar middel, genietend van de vlaag van jaloezie die over Loia's gezicht trok.

'Zantu, wat heb je voor me meegebracht?' zong ze. 'Een lekker klein hapje?'

Hij hield zijn vrouw steviger vast. 'Ik heb mijn partner gevonden. Je hebt geen macht meer over mij, Loia.'

Het net van vissen dat de zeemeermin omringde verloor even zijn samenhang, maar herstelde zich daarna weer en zweefde als een miljoen piepkleine mesjes die klaarstonden om toe te slaan. 'Je kunt geen band aangaan met een mens. Hun leven is voorbij met een slag van een vin.'

'Alleen omdat jij hen laat verdrinken, Loia, ziek van liefde en gebroken.'

De zeemeermin bewoog haar staart golvend en drukte haar borsten uitdagend naar voren. 'Waarom zou je haar zelfs willen? Ze kan geen verstoppertje met je spelen in de zeewierbedden. Of met je racen door de diepten van de kloven. Of zingen terwijl je klaarkomt tot in het diepst van je botten. Ze kan niet eens ontsnappen als een haai aanvalt. Een mens is geen geschikte partner voor onze soort. Ze is nauwelijks bruikbaar als speeltje.'

'Dat weet je niet,' beet hij haar toe. Een klein visje raakte zijn arm en hij schudde het van zich af. 'Zeemeerminnen nemen geen vaste partners.' Maar haar opmerkingen maakten hem ongerust. Hoe *zou* hij een menselijke partner beschermen wanneer er roofdieren op de loer lagen?

'We nemen genoeg partners, Zantu.' Haar grijns onthulde al haar naaldscherpe tanden, alsof ze bereid was hem te verslinden. 'We beperken ons alleen niet tot één. Jammer dat je nooit de passie van een echte minnaar zult ervaren, alleen de onhandige ledematen van een landloper. Of… misschien wil zij ook wel meespelen?' Loia tolde om haar as en draaide haar hoofd razendsnel om hem weer aan te kijken toen ze haar draai voltooid had. Haar genitale spleet was tijdens het draaien opengegaan en onthulde de roze uitnodiging van haar vulva. 'Menselijke mannen kijken graag naar elkaar tijdens de daad. Ik zou haar—en jou— kunnen laten zien wat een echt vrouwtje met een man kan doen.'

Iets streelde de opening van zijn schacht en hij keek naar beneden; hij zag twee kleine visjes die zich tegen hem aan wreven. Hij keek weer op en besefte dat de rest van de school hen als een net had ingesloten.

Loia likte haar lippen en liet haar handen over haar borsten glijden om haar indigo tepels hard te maken, terwijl ze haar rug boog. Eén hand gleed lichtjes over haar middenlijn naar beneden om de gezwollen plooien van haar schaamlippen te masseren. Haar geur dreef naar hem toe in het kielzog van haar net van volgelingen.

Ondanks zijn band met Brianna begon de openlijke seksualiteit van Loia vat op hem te krijgen. Het geplaag bij zijn kruis had zijn lid bijna uit zijn beschermende schacht doen springen. Zijn hoofd tolde en het enige waar hij aan kon denken was zijn driften de vrije loop te laten.

Brianna sloeg naar een vis bij haar gezicht en drukte zich dichter tegen hem aan, waarbij ze haar gezicht in zijn schouder verborg. *Ik wil naar huis.*

Die woorden brachten hem sneller bij zinnen dan de beet van een murene. Ze wilde bij hem weg. Hij sloeg beide armen om haar heen en begon weg te drijven van Loia's verleidingen. Als hij zijn partner wilde behouden, was bij Loia in de buurt blijven niet de juiste manier. 'Zoek maar een andere man om te ruïneren,' riep hij haar toe.

Loia's bleke huid werd grauw. Haar lippen trokken strak terwijl ze al haar haaiachtige tanden ontblootte. 'Je kunt haar niet houden!' krijste ze.

Brianna spartelde in zijn greep, haar benen sloegen tegen zijn vin alsof ze weg wilde zwemmen. Haar slanke schouders voelden breekbaar aan in zijn greep, maar hij weigerde haar los te laten. De geur van bloed bereikte zijn neus. In zijn hoofd hoorde hij Brianna gillen, *Mijn benen!*

Hij versoepelde zijn greep en zag dat haar onderlichaam omringd was door Loia's net van vissen. Een spoor van roze, troebel water dreef in hun kielzog. Ze beten haar. Het bloed zou ongetwijfeld elk roofdier in de wijde omtrek aantrekken. Woede borrelde in hem op en hij sperde zijn mond wijd open om een diepe, afstotende geluidsgolf uit te zenden.

De vissen stoven uiteen.

De plotselinge bariton die Zantu uitstootte, zo anders dan de tenorzang die hij voor de zeemeermin had gezongen, vibreerde diep in Brianna's botten. Hij sloeg krachtig met zijn staart en een plotselinge golf water dwong haar haar ogen te sluiten terwijl ze de zingende zeemeermin en haar bijtende huisdieren ver achter zich lieten.

Brianna's huid jeukte en brandde waar de kleine vissen aan haar hadden geknabbeld met hun vlijmscherpe tanden, maar hij bewoog te snel voor haar om haar wonden te controleren. Ze begroef haar gezicht tegen zijn warme nek en hield zich met man en macht vast. Het betoverende optreden van de zeemeermin was bizarder geworden met elke noot die over de lippen van het wezen rolde. Het laatste schunnige, seksuele vertoon liet bij Brianna geen twijfel bestaan over wat het wezen wilde. En de irritante, bijtende vissen maakten heel duidelijk dat ze Brianna liever uit de weg had.

Slechts kort tevoren was ze bang geweest voor de verschillen van de meerman; nu zorgde juist datgene wat haar beangstigde ervoor dat ze geloofde dat hij haar kon beschermen. Ze wreef haar dijen tegen elkaar bij de herinnering aan hem tussen haar benen. Waarom wilde hij háár, terwijl hij werd achtervolgd door een wezen dat zo verleidelijk was als die zeemeermin? Zelfs Brianna had die aantrekkingskracht gevoeld en ze was in haar hele leven nog nooit aangetrokken geweest tot een andere vrouw. Geen wonder dat er werd gezegd dat zeelieden zich vrijwillig in hun dood stortten tijdens hun jacht op de wezens.

Terwijl ze over haar schouder achterom keek, zocht ze in het duistere water naar de zeemeermin, er zeker van dat het woeste wezen de achtervolging zou inzetten, maar haar ogen waren te zwak om door de gitzwarte diepten heen te dringen. De wereld had zijn kleur verloren en was veranderd in troebele tinten zwart en groen. Een school kleine vissen glibberde voorbij; hun speervormige zijkanten leken als één geheel te draaien. Voor hen rezen draden op vanaf de zeebodem, die een bewegend gordijn vormden met een patroon van andere zeedieren die ertussendoor schoten.

Zantu verlegde zijn greep om haar middel en de druk van zijn gespierde armen deed haar huid trillen. Ze voelde zijn hartslag onder haar vingers terwijl hij haar steeds dieper het water in voerde. De manier waarop zijn staart tegen haar benen en schaambeen stootte terwijl hij zwom, deed haar denken aan hun eerdere vrijpartij. Het deed haar verlangen naar meer. Maar hij toonde geen enkele intentie om te vertragen voor een nieuw avontuurtje.

Kleurrijke zeesterren en anemonen schoten in een regenboogachtige waas voorbij op de rotsen beneden. Hij bleef door het woud schieten, langs een grote roodzwarte vis met een gapende bek, over een paling die vanuit de rotsen loerde. Het woud leek hier dunner te zijn, waardoor er meer licht de zeebodem bereikte. Of misschien waren ze in ondieper water? Ze keek omhoog naar het bladerdak van slierten dat in de stroming wiegde, maar kon niet inschatten hoe ver weg ze waren.

Waar breng je me naartoe?

Naar een plek waar je veilig bent.

Zijn woorden verzachtten de spanning in haar borst. Tot op dat moment had ze de angst gekoesterd dat hij, nu zijn lust gestild was, een andere honger zou kunnen ontwikkelen. Een waarbij hij zijn vlijmscherpe tanden zou gebruiken.

Hij vertraagde en duwde haar van zich af om haar aan te kijken. *Ik ben geen monster.*

Schuldgevoel deed haar van top tot teen blozen. Dit hele gedoe met 'elkaars gedachten horen' bezorgde haar de kriebels. *Het spijt me... ik weet gewoon niets over jou of jouw soort.*

Wij blijven uit de buurt van mensen. Jouw soort is gevaarlijk.

Een lachje van bellen ontsnapte uit haar mond toen ze daaraan dacht. Daar was ze dan, wie weet hoeveel meter onder de zee, gevangengenomen door een meerman met scherpe tanden, vliezen tussen zijn vingers en een gladde staart—en hij beweerde bang te zijn voor háár. Maar toen ze zijn zilverkleurige blik kruiste, besefte ze dat hij volkomen serieus was.

Zantu klemde zijn nieuwe partner tegen zijn zij en schoot als een torpedo richting de kelpvelden waar hij en de andere meermannen de broedplaatsen onderhielden. Brianna's ongefilterde gedachten bereikten hem in onregelmatige en onvoorspelbare golven: het ene moment met een verontrustende openheid, het volgende moment helemaal niet. Hij had geen idee waarom. Het duidelijkst was haar angst voelbaar. Haar nieuwsgierigheid. Haar sensuele aandacht voor zijn huid tegen de hare. De verbinding dreef hem tot waanzin, maar stelde hem tegelijkertijd gerust. Hoewel ze hem een monster vond, wilde ze hem even graag als hij haar wilde—althans voor nu. Zou haar belangstelling afnemen, net als bij de vrouwen van zijn eigen soort?

Voor hen wiegde de kelp ritmisch tussen glinsterende banen gefilterd zonlicht. Zantu trok haar zonder te stoppen het gebladerte in, terwijl hij sonische commando's naar de planten en de wezens daartussen stuurde om de weg vrij te maken. Degenen die niet bekend waren met het woud, zouden snel verdwaald en verward raken tussen de stengels, maar hij kende het pad even goed als zijn eigen staart. Slierten kelp streelden zijn huid vertrouwd en lieten bellen achter in zijn kielzog.

Brianna klemde zich zo stevig aan zijn nek vast dat hij haar jagende hartslag kon voelen.

De kelp opende zich en onthulde zijn kleine toevluchtsoord onder de zee. Net als de anderen van zijn sekse had hij een verblijf gecreëerd dat een koningin waardig was, ondanks zijn vastberadenheid om vrij te blijven van een vaste partner. Nestelen was een biologische noodzaak voor zijn soort, met of zonder partner.

Zijn huis had een vloer van ronde, veelkleurige stenen en door de golven gepolijst glas en schelpen. Voorwerpen die hij uit scheepswrakken had geborgen en liefdevol had gerestaureerd, vulden de ondiepe kom: een rozenhouten tafel met drie bijpassende stoelen, een kaptafel met een hoge spiegel die nog helder genoeg was om een reflectie te zien, een schommelstoel ingelegd met parelmoer. Een menselijk bed met een fraai bewerkt hoofdeinde stond in een alkoof; de matras was vervangen door een zachte tuin van sponzen. Aan het voeteneinde bevatte een oude, met ijzer beslagen kist meer schatten uit zijn jarenlange bergingswerk. Langs de randen van de open plek had hij een tuin aangelegd met fijn, eetbaar zeewier, decoratieve zeewaaiers en rotspartijen bedekt met trossen indigo en groene mosselen.

Maar zijn mooiste creatie stond in het midden van het nest, wachtend op de dag dat Zantu werkelijk zijn vrijheid zou verliezen. Ondersteund door levende vingers van koraal, wiegde een wiegje gelijkmatig in de zachte oceaanstroming.

In zijn geest tolden Brianna's gedachten, vol waarnemingen die te verward waren om te ontcijferen. Of misschien was ze aan het leren haar gedachten af te schermen. Er zou uiteindelijk een filter moeten komen, al was het maar om de ander de afleiding te besparen van elke gedetailleerde indruk die binnenkwam.

Hij zette haar neer in de schommelstoel, waarbij de visgewichten rond haar middel haar stevig op de zitting hielden, en sloeg één keer met zijn staart om achteruit bij haar vandaan te zwemmen. Terwijl hij in een voorzichtige cirkel draaide, overzag hij de wand van kelp die hen omringde. De handlangers van Loia zouden door het kelpwoud tegengehouden moeten zijn, maar hij kon geen enkel risico nemen dat ze—en daarmee Loia zelf—hem naar zijn toevluchtsoord zouden volgen.

Tevreden dat ze alleen waren, keek hij zijn nieuwe partner aan en monsterde haar met een blik waarvan hij hoopte dat die onbevooroordeeld bleef. Haar haar, veel korter dan dat van een zeemeermin en lang niet zo kleurrijk, zweefde in een donker aureool om haar gezicht en haar gespikkelde groene ogen deden hem denken aan zonlicht door kelpslierten. Zongekuste armen en benen gingen over in de blekere huid van haar borsten en romp. Haar diepkoraalkleurige tepels deinden verleidelijk boven haar soepel gespierde buik, en het plukje haar tussen haar benen deed zijn lul roeren terwijl zijn ogen over haar heupen en langs haar benen naar haar kleine gelakte tenen gleden.

Een mens.

Hij was een verbintenis aangegaan met een mens.

Was zoiets ooit eerder gebeurd in de geschiedenis van het meervolk? Natuurlijk verleidden zeemeerminnen menselijke mannen, maar ze gingen nooit een verbintenis aan. Niet met meermannen en zeker niet met mensen. De schuwe, emotioneel gevoelige meermannen bleven ver uit de buurt van vrouwen van welke soort dan ook— tenminste, totdat een zeemeermin hem ving. Het was weer typisch Zantu's geluk om verleid te worden door een mens. Wat deed ze trouwens in de oceaan?

Zijn blik keerde terug naar de grof geknoopte riem om haar heupen. De gewichten herkende hij als de gewichten die werden gebruikt door vissers die op trofeeën joegen. Zulke mannen waren nooit zachtzinnig, en hij had menig zwaardvis en tonijn geholpen aan die dodelijke lijnen te ontsnappen. Het touw had haar bleke huid getekend met nare striemen en kleine blauwe plekken bedekten haar heupen.

Terwijl hij met een vliezige vinger naar haar middel wees, zond hij uit, *Waarom draag je dit?*

Haar gezicht liep dieprood aan en ze trok machteloos aan een van de knopen. *Het was een vergissing.*

Door haar inspanningen deinden haar borsten heviger, en hij vocht om zijn lul in zijn schede te houden. *Wil je dat het verwijderd wordt?*

Ja, ze keek hem met smekende ogen aan en zijn poging tot kille objectiviteit smolt weg.

Hier. Hij zocht het mes dat hij had gemaakt van een groot, groen stuk zeeglas. Voorzichtig, met de vlijmscherpe kant van haar af gekeerd, sneed hij het touw door en liet het op de stenen vloer onder de stoel vallen.

Bevrijd van de riem steeg ze op naar het door de zon gespikkelde bladerdak boven hen.

Met een snelle beweging greep hij haar pols. Hij zou haar niet laten gaan. Niet zo makkelijk. Ze zou hem uiteindelijk verlaten. Dat was onvermijdelijk. Maar voordat ze dat deed, wilde hij haar laten zien wat het betekende om een partner te zijn. Wat het betekende om volkomen beheerst en bezeten te worden, zoals hij dat nu was. Hij kon haar beheersen, maar alleen onder water. Zolang ze hier beneden was, had ze hem nodig.

Hij zond uit, *Waarom kwam je naar mij toe?*

Haar blik keerde naar hem terug en opnieuw trok er een blos over haar wangen. *Het was een ongeluk.*

Dit ziet er niet uit als een ongeluk. Hij wees naar de riem. *Dit was bedoeld om je aan de oceaan te binden. Om je naar mij toe te brengen.*

Ze perste haar lippen op elkaar, terwijl haar voorhoofd zich in een pijnlijke rimpel trok. *Nee. Dat...* Haar handen gleden over haar gladde buik en ze verstrengelde haar vingers. *Ik probeerde zelfmoord te plegen.*

Hij kneep zijn ogen samen en schatte haar oprechtheid in. *Waarom zou je dood willen?*

Haar schouders zakten, haar lichaam zakte weg tot haar voeten op de gladde stenen vloer rustten. *Het is een lang verhaal. Een dwaas verhaal. De gewichten waren er zodat ik me niet kon bedenken.*

Vertel het me.

Ik heb een kindje verloren.

Zantu's kieuwen fladderden. Zeemeerminnen beschouwden kinderen als een last. Iets om achter te laten, net als hun partners. Nooit treurden ze om het verlies van eentje. Maar Brianna was geen zeemeermin. Haar gedachten beukten als een golf van ongefilterd verlangen tegen zijn geest.

Hij krulde zijn staart om de achterkant van haar knieën en trok haar naar zich toe. *Het spijt me van je verdriet.*

Ze hield haar handen tussen hen in om ze stijf tegen zijn borst te drukken, alsof ze een muur opwierp, maar ze duwde niet met werkelijke kracht.

Hij omhelsde haar en liet zijn vingertoppen lichtjes langs de gladde ronding van haar vinloze ruggengraat glijden. Haar hartslag fladderde tegen zijn borst en hij werd eraan herinnerd hoe breekbaar ze was, vooral hier onder de golven. *Probeer alsjeblieft niet meer te sterven.*

Haar stijfheid nam af. Zo dichtbij kon hij haar unieke geur van door de zon gekuste golven ruiken. Haar huid gleed als zijde tegen de zijne en zijn schede pulseerde van het verlangen van zijn lul.

Hij sloot zijn kieuwen, verzamelde lucht achter in zijn keel en boog zijn gezicht naar haar nek. Hij tuitte zijn lippen en blies zachtjes een stroom bellen langs haar sleutelbeen. Ze sidderde en een verraste vreugde vibreerde door hun gedachtenverbinding. Aangemoedigd voegde hij er geluid aan toe, een baritonlokroep die tot in haar diepste vezels doordrong.

Ze wierp haar hoofd naar achteren en duwde haar heupen naar voren. Hij maakte van de gelegenheid gebruik om zijn vingers over haar plooien te laten glijden, waarbij hij haar clitoris ontdekte die als een klein schelpje wachtte. Haar hitte nam toe bij zijn aanraking en spoorde hem aan zijn ritme te versnellen. Hij drukte tegen haar vochtigheid en streelde de knop tot die opzwol en pulseerde van vurig verlangen.

Haar handen gleden van zijn borst naar zijn ribben. Tepels zo hard als kleine schelpjes drukten tegen zijn vlees en ze schokte tegen zijn vingers naar voren. Zijn lul was nu vrijgekomen en deinde mee op haar ritme, verlangend naar haar elke keer dat haar heup de punt raakte. Hij klemde zijn kaken op elkaar en bleef wrijven, vastbesloten haar klaar te laten komen voordat hij zichzelf in haar hitte stortte.

Een klein piepje ontsnapte langs haar lippen in een stroom bellen, terwijl haar lichaam sidderde in een ontlading.

Ik maak je de mijne Hij duwde die gedachte in haar geest terwijl hij haar heupen naar zich toe trok. Haar benen spreidden zich wijd, waardoor hij naar binnen kon, en hij zette kracht met zijn staart om hen beiden naar het bemoste bed te voeren. Hij wilde haar onder zich hebben, op haar plaats gehouden zodat hij zijn heupen tegen haar aan kon schuren, zodat hij haar volledige diepte kon voelen bij elke stoot.

Ze vlijde zich neer in de sponzen en tilde haar heupen op om zijn ritme te volgen, terwijl kleine zuchtjes vol bellen uit haar mond ontsnapten die zijn wangen kietelden. Hij boog zijn hoofd om haar lippen op te eisen, zijn tong verkende de ene set lippen terwijl zijn lul de andere verkende. Toen ze weer klaarkwam, klemde hij haar ronde billen vast en gaf een laatste stoot diep in haar kern. Zijn rillingen kwamen overeen met de hare en lieten hem uitgeput achter.

Hij sloeg zijn armen om haar heen en liet zich in slaap vallen.

HOOFDSTUK 5

*B*rianna werd wakker in een duizelige duisternis. Ze rekte zich uit en rolde op haar zij om naar de wekker te zoeken. Haar bewegingen waren onhandig, als vertraagd, zonder enige houvast. *Wat de...?*

Herinneringen stroomden als een vloedgolf bij haar naar binnen. De kade, de verzwaarde riem, het water... de meerman. *Meerman?* Dat deel moest wel een droom zijn geweest, een vlucht van haar geest voordat de dood haar opeiste. Dit moest wel de dood zijn. Ze staarde in het diepe zwart, terwijl het gewicht van de hele oceaan op haar drukte. Nietsheid. Ze had niet gedacht dat het zo... eenzaam zou voelen.

Een gespierde arm sloeg zich om haar heen en een stem klonk direct in haar hoofd. *Ga weer slapen, mijn maanvisje.*

Ze gilde—of piepte, het geluid gedempt door het water—en worstelde zich los uit de omhelzing. *O, God, o, God, o, God.*

Een korte uitbarsting van geluid volgde en de wereld ontbrandde in lavendelkleurig licht. Zantu's handen met zwemvliezen grepen haar vast om haar te kalmeren. Blauwviolet licht weerkaatste in zijn zilveren ogen en vergulde zijn huid, waarbij de perfecte spieren van zijn torso werden geaccentueerd. *Wat is er mis?*

Haar eerste vlaag van doodsangst maakte plaats voor ontzag. De vreemde verlichting kwam van overal en nergens tegelijk en creëerde een soort spookachtig, bronloos maanlicht. En dan was er de goddelijke gestalte van de meerman die over haar heen boog, zijn gezicht vertrokken van bezorgdheid.

Een sussend gezang pulseerde uit zijn keel en kalmeerde haar zenuwen. Terwijl ze langs hem heen keek, besefte ze dat het water om hen heen bezaaid was met wat leek op piepkleine paarse diamantjes.

Het is zo mooi. Ze stak haar hand uit om een van de deeltjes te vangen, maar het glipte door haar vingers alsof het lucht was. *Wat is dat?*

Zantu sloeg zijn armen om haar heen, nestelde zijn neus in haar hals en blies een stroom bellen door haar haar. *Mensen noemen het plankton.*

Kun je ze aan- en uitzetten?

Zijn borstkas trilde van het geluid en het water werd zwart.

O, nee, laat ze aan! Ze klauwde naar voren, op zoek naar hem. De angst voor de duisternis, voor het onbekende, dreigde haar te verpletteren.

Je vroeg me ze uit te zetten.

Ze vond een van zijn biceps en klemde beide handen eromheen om hem dichterbij te trekken. *Nee, ik wilde weten óf je het kon.*

Opnieuw zong hij de lichtjes wakker en Brianna keek op in een gezicht vol tedere geamuseerdheid dat haar hart een slag deed overslaan.

Hij boog naar voren om zijn voorhoofd tegen het hare te drukken. Door het vreemde licht waren zijn ogen moeilijk te peilen, maar zijn stem in haar hoofd was vol van alle oprechtheid die ze nodig had. *Ik zal je beschermen. Altijd.*

Ze streelde zijn wang en genoot van de gladde huid langs zijn hoekige kaaklijn. God helpe haar, ze geloofde hem.

Op dat moment gierde haar maag.

En ik zal je voeden. Zijn zachte lach kwam overeen met de krul van zijn lippen.

Een hevige trek in nacho's borrelde in haar op. Of misschien gebakken kip. Ze likte over haar lippen. Wat aten meermannen? Rauwe vis? Ze was nooit een liefhebber van sushi geweest. Zelfs van een rood biefstukje werd ze al onpasselijk.

Maak je geen zorgen, klein maanvisje. We zijn voornamelijk vegetariërs. Ga zitten. Hij trok een stoel naar achteren bij de rozenhouten tafel en maakte een gebaar.

Tot nu toe had ze zich alleen met zijn hulp door het water bewogen. Nu ze op haar eigen mobiliteit was aangewezen, spartelde ze naar de tafel en nam plaats. Gelukkig keek hij niet.

Hij had een mes gepakt en stond aan de rand van de open plek zeewier en andere ondefinieerbare zaken te snijden, die hij in een enorme schelpenschaal legde. Ze keek toe hoe hij werkte; de spieren in zijn rug en armen zwollen en golfden bij elke beweging. Zijn krachtige staart was eveneens een bonk spieren; elke beweging door het water werd met een minieme krachtsinspanning volbracht. Dit was haar eerste kans om hem echt goed te bekijken zonder dat hij haar aankeek. Ze wilde haar hand uitsteken en de tere vin aan het uiteinde van zijn staart aanraken. De piepkleine schubben bestuderen die, naar ze aannam, zijn lichaam bedekten. En precies ontdekken waar hij zijn penis verborg wanneer ze niet de liefde bedreven.

Ik kan het je laten zien als je wilt.

Haar huid gloeide van schaamte, terwijl haar kruis zich tegelijkertijd samentrok. Ze was vergeten dat hij in feite elke gedachte van haar kon horen.

Hij keek over zijn schouder naar haar en knipoogde. *Wees niet verlegen, klein maanvisje. Ik vind het fijn om te weten wat je denkt.* In een flitssnelle beweging maakte hij een salto door het water om voor haar te komen staan en zette de schelp op tafel. *Hoe zien mannen eruit in jouw wereld?*

Niet zoals jij. De trilling in haar gedachten bracht haar nog meer in verlegenheid, maar ze weigerde weg te kijken.

Wat is er zo anders? Hij kwam dichterbij en zweefde op slechts enkele centimeters afstand, zijn strakke buikspieren spanden zich aan bij de kleine, cirkelvormige bewegingen van zijn staart. Zijn handen met zwemvliezen spreidden zich over zijn ribben en dwaalden langzaam naar beneden over zijn heupen, waarbij ze haar blik als een lokaas naar de plek trokken waar zijn penis zou moeten zitten— een welving daar onder de huid, alsof die bedekt was met nauwsluitende kleding.

Zijn gedachte reikte uit en streelde haar. Dwong haar. *Raak me aan.*

Ze slikte, stak een hand uit en streek met haar vingertoppen over de welving. Een zuchtend genotsgeluid trok door het water. Aangemoedigd legde ze haar hele handpalm over de verdikking, verrast door zijn hitte. Door de zachtheid van zijn huid. Ze had schubben verwacht, maar hij was hier net zo glad als op zijn torso.

Schubben zijn voor vissen. Verlangen kleurde zijn gedachten.

Wat ben jij dan?

Ben ik geen man?

Ze streelde de kloppende welving, terwijl de spleet tussen haar dijen onmiddellijk heet en vochtig werd. Vis of man, ze wilde hem.

Als bij toverslag opende de huid onder haar vingers zich en onthulde een donkere, kloppende penis. Haar vingers knepen in de fluweelzachte, hete dikte ervan en lokten een glanzende parel uit de top. Zonder na te denken boog ze naar voren en nam hem in haar mond. Hij smaakte naar zout en muskus en was in elk opzicht net zo mannelijk als elke andere man die ze had gekend.

Hij kreunde en legde zijn handen op haar schouders. *Wat doe je met me?* Zijn gedachte was dik van lust.

Verrukt over het feit dat ze kon 'spreken' terwijl ze hem plezierde, draaide ze haar tong om de eikel van zijn lul. *Ik maak je de mijne.*

Zijn handen op haar schouders werden strakker. *Drijf de spot niet met me.*

De urgentie van zijn emoties raakte haar via hun verbinding als nooit tevoren. Blootgesteld en rauw. Zijn verlangen straalde helder en krachtig, maar werd overschaduwd door een mix van woede en berusting die ze niet begreep. Ze sloeg haar handen om zijn heupen en trok hem dichter tegen zich aan, terwijl ze haar kin optilde om hem dieper in haar mond te nemen.

Hij kreunde, zijn vingers groeven zich in haar schouders terwijl ze krachtig zoog. Achter in haar keel voelde ze zijn ontlading. Na een huiverend moment liet hij los en tilde haar van de stoel om haar tegen zijn borst te klemmen. *Ik laat je niet bij me weggaan.*

Die uitspraak overrompelde haar. Het verraste haar. Ze had er niet meer aan gedacht om van Zantu te ontsnappen, niet na dat vreselijke voorval met de zeemeermin. Ondanks het feit dat ze zich in de diepten van de oceaan bevond. Zijn belofte om haar te beschermen gaf haar een veilig gevoel. Gekoesterd.

Hij perste zijn lippen op de hare. Haar handen rustten plat tegen zijn ribben, haar borsten strak tegen hem aan, terwijl hij haar verslond met diepe, rollende stoten van zijn tong. Als ze had gestaan, zou ze slappe knieën hebben gekregen. Nu konden ze dankzij het water met elkaar draaien en dansen zonder ondersteuning nodig te hebben.

Zijn penis bonsde als een harde lijn tegen haar buik en ze merkte dat zijn staart haar benen weer spreidde. Ze liet een hand tussen hen in glijden, greep hem vast en leidde hem bij haar naar binnen, snakkend naar de druk van hem, de volheid. De golvende spieren van zijn buik en het water dat haar huid glad maakte, zetten elke zenuw in haar lichaam in lichterlaaie van verlangen.

Hij liet een hand over haar rug glijden om haar billen te omvatten, trok haar stevig op zijn keiharde lengte en perste zich diep in haar kern. Hij bleef daar, diep en kloppend in haar, terwijl hij tegen haar clitoris schuurde. Zijn tong plaagde haar tanden en tandvlees.

Ze klemde haar benen stevig om hem heen, terwijl de rand van haar orgasme boven haar oprees als een golf die hen beiden dreigde te verzwelgen.

Zijn plagende ritme hield de golf net buiten bereik. *Je bent van mij.*

Alsjeblieft, alsjeblieft, smeekte ze, niet in staat om een samenhangende gedachte te vormen.

Zeg me dat je dat bent. De hand op haar billen kneep toe en drukte hem met tergend genot dieper in haar plooien.

Ze wierp haar hoofd achterover en stootte haar heupen tegen hem aan, op zoek naar verlossing. *Ik ben van jou. Alsjeblieft!*

Voldoening overheerste zijn gedachten en hij trok zich slechts even terug om daarna onmiddellijk weer diep in haar te stoten, keer op keer, totdat de golf brak en haar in een duizelingwekkende ontlading deed belanden.

Brianna's hoofd gonsde van wat haar deed denken aan het ochtendgezang van vogels: trillers van links, diepklinkende kreten van rechtsboven en een spookachtige stijgende en dalende tenorboventoon waarvan ze besefte dat die van Zantu kwam.

Hij zat op de met schelpen bezaaide bodem aan de rand van de open plek, zijn staart naar één kant gekruld, terwijl hij schijnbaar de fijne slierten van het heldergroene zeegras dat daar groeide verzorgde. Het zonlicht sneed scherpe hoeken in de kelp die boven hun hoofden wiegde en filterde goudkleurig licht naar beneden op de open plek.

Nog steeds nauwelijks in staat om alles te geloven wat er gisteren was gebeurd, stuurde ze hem een aarzelende gedachte. *Wat is dat geluid?*

De groet van de oceaan aan de zon, mijn maanvisje. Kom, het ontbijt wacht op je.

Ze ging rechtop zitten en besefte dat hij haar ergens in de nacht naar het bed had verplaatst. Piepkleine bellen stegen op uit de sponzen en streelden haar zij. Ze rekte zich uit en keek om zich heen.

Haar blik viel op de tafel, waarop twee borden van beenderporselein waren neergezet, samen met wat leek op twee massief gouden vorken. In het midden stond een kom van een schelp, boordevol zeewier en wat Zantu nog meer eetbaar had geacht; veel ervan zweefde los van de schaal, maar er bleef genoeg in liggen om als een maaltijd te worden beschouwd. Haar maag kromp ineen, nog steeds nerveus over wat hij lekker zou vinden. Maar inmiddels had ze genoeg honger om vrijwel alles te eten.

Ze duwde zich van het bed af, met de tafel als doel, en ontdekte dat ze kon lopen als ze zich ontspande, zij het in vertraging. De stenen en schelpen onder haar tenen waren verrassend ruw, maar stevig genoeg om haar houvast te geven, en ze bereikte de stoel zonder al te veel te spartelen. Ze ging zitten en bewonderde de gedekte tafel.

Is dat echt goud? Ze reikte naar een vork.

Ze waren van mijn vader. Zantu voegde zich bij haar en schoof op de stoel naast haar. *Hij heeft ze vele jaren geleden in een gezonken schip gevonden.*

Had je een vader? De gedachte was er al uit voordat ze kon beseffen hoe dom ze klonk. Ze bedekte haar mond, ook al waren de woorden niet over haar lippen gekomen. Wat een onbeleefde vraag. Ze had er nooit bij stilgestaan dat meermannen families hadden. Nu ze erover nadacht: ze had tot gisteren überhaupt nooit over meermannen nagedacht.

Natuurlijk hebben we families. Nou ja, vaders en broers en zussen tenminste.

Nieuwsgierigheid knaagde aan haar gedachten en ze vocht om die te beheersen, maar het was alsof er slechts een zeef tussen hun geesten bestond. *En je moeder dan?*

Hij gebruikte een kleinere schelp om wat op zeewiersalade leek op haar bord te scheppen, zijn gedachten   overduidelijk   gereserveerd. *Zeemeerminnen geven niets om kinderen.*

Ze fronste haar wenkbrauwen, niet wetend wat ze met die informatie aan moest. *Dus ze krijgen een baby en laten die achter?*

Hij haalde zijn schouders op. *De vaders zorgen voor de jongen.*

Zijn er veel andere meermannen? Ze keek om zich heen naar de wand van kelp, alsof de woorden er een tevoorschijn konden toveren.

Zantu's handen hielden even op met bewegen, waarna hij haar bord voor haar neus schoof, terwijl zijn zilveren ogen haar intens aankeken. *Houd je niet met andere meermannen bezig.*

Brianna hield haar hoofd schuin, terwijl een glimlachje om haar mondhoek speelde. Was dat jaloezie die ze bespeurde? *Bang dat ik er met een andere meerman vandoor ga? Of misschien een zeemeermin—*

Maak over zulke dingen geen grappen.

De ernst van zijn gedachte maakte haar weer nuchter. Het deed haar denken aan haar eigen huwelijksgeloften, versterkt door haar eed aan haar diepbedroefde vader om nooit in de voetsporen van haar moeder te treden. Ze balde haar handen in haar schoot en staarde naar de zeewiersalade. *Ik kan niet bij je blijven. Ik ben getrouwd.*

In jouw wereld betekent dat maar heel weinig.

Haar woede laaide op. *Wat weet jij nou van onze wereld? Ik neem mijn geloften zeer serieus.*

Zelfs terwijl ze die gedachte stuurde, werd ze tegengehouden door de hypocrisie van haar woorden. De waarheid was dat ze haar trouw aan Eric had opgegeven op het moment dat ze besloot te springen. Ze had de weg van de lafaard gekozen. En Eric was nu net zo alleen als haar vader was geweest. Ze had net zo goed van hem kunnen scheiden.

Zantu legde een hand met zwemvliezen op de hare. *Voor een meerman is een partner voor het leven.*

Ze keek hem vanuit haar ooghoek aan. *Ik dacht dat je zei dat zeemeerminnen niet bleven hangen.*

Zijn kaakspieren trilden. *Desondanks zal een meerman altijd maar één partner nemen.*

De manier waarop hij over een *partner* dacht, droeg zoveel meer betekenis in zich dan in woorden kon worden uitgedrukt. Aanbidding. Zekerheid. Verdriet. En ondanks de tegenstrijdigheden wist ze precies wat het betekende. De hoopvolheid van een woord dat nooit werkelijk vervuld kon worden. De onvermijdelijke eenzaamheid van een leven met de verkeerde persoon. Gevangen in een huwelijk met een kille man als Eric…

Haar blik verschoof langs Zantu's schouder naar de wieg die midden in zijn nest stond. Een babywieg in het verblijf van een meerman. Had zijn partner hem achtergelaten met een kind? Waarom zou hij anders een wieg nodig hebben? Een steek van jaloezie overviel haar terwijl ze hem voor zich zag met een beeldschone zeemeermin zoals die van gisteren. Toen draaide haar maag zich om. Waarom was ze hier? Om een kind op te voeden in plaats van de verdwenen moeder?

Een sussende reeks tonen drong door het water en stopte haar gedachten. *Brianna, jij bent mijn partner.*

Ze ontmoette Zantu's blik en knipperde verward met haar ogen. *Ik? Wat?*

Je hebt me opgeëist toen je me verleidde.

Verleidde? Jij bent degene die mij kuste.

De stekels van zijn rugvin verkleurden van blauwachtig zilver naar diep middernachtblauw. *Ik kuste je alleen om je genoeg levenskracht te geven om de oppervlakte te bereiken. Jij bent degene die... die... je benen om me heen sloeg en me de jouwe maakte.*

Verontwaardiging bracht haar op de been en deed haar langzaam omhoogzweven. *Noem je me nu een slet?*

Hij greep haar pols en trok haar terug naar de bodem naast hem. Zijn metaalzilveren ogen boorden zich met een onthutsende intensiteit in de hare. *Ik weet niet wat een slet is, maar aan je toon te horen geloof ik dat het iets slechts is. Dus nee, ik zal je geen slet noemen. Maar ik wil niet dat je je vergist in mijn bedoeling toen ik je redde.*

Je bedoeling? Ze probeerde een vinger naar hem te wijzen, haar woede verdubbeld door hoe traag ze haar hand moest bewegen. *Je hebt me tot slaaf gemaakt!*

Wij houden geen slaven. Zijn greep om haar pols werd strakker en bijna pijnlijk. Een reeks diepe klikgeluiden resoneerde door het water terwijl zijn borstkas zich breed uitzette als de kap van een cobra. *Als er hier iemand een slaaf is, dan ben ik het wel. Ik heb vijfendertig jaar lang de gezangen van zeemeerminnen vermeden, om vervolgens gevangen te worden door... door een mens!*

Ze rukte haar hand los uit zijn greep. *Als je zo over mensen denkt, waarom heb je me dan niet gewoon laten sterven?* Zodra ze het had gezegd, had ze er spijt van.

Hij blies een heftige sliert bellen uit en steeg op om boven de tafel te zweven. *Misschien had ik dat ook moeten doen. Maar nu ben ik eraan gebonden je te beschermen. Ik zou jou net zomin kunnen laten sterven als ik ons kind zou kunnen doden.* Met een slag van zijn staart was hij bij de door koraal ondersteunde wieg. *Een meerman is gedreven om een nest te bouwen, of hij nu een partner heeft of niet. Om zich voor te bereiden. Om voor een baby te zorgen ondanks een overweldigend liefdesverdriet. Als je ons kind krijgt, zal ik klaarstaan om ervoor te zorgen, of je er nu bent of niet.*

Zijn woorden raakten haar als een steen die over het water scheert en pas naar de bodem zinkt wanneer de vaart eruit is. Hij had 'ons kind' gezegd. Zouden een mens en een meerman...?

Ik weet het niet. Hij antwoordde op haar halfgevormde vraag. *Zeemeerminnen dragen halfmenselijke kinderen. Ze laten ze achter bij de ene of de andere ouder. Ik stel me voor dat onze vereniging hetzelfde zal voortbrengen.*

Hij sprak alsof een kind een voldongen feit was. Zou het kunnen? Haar vingers dwaalden naar haar buik. Zij en Eric hadden zo hard geprobeerd... Haar handen krompen zich tot klauwen. Ze wist dat dat niet waar was. In de afgelopen vierentwintig uur hadden zij en Zantu vaker de liefde bedreven dan zij en Eric in de afgelopen twee maanden.

De echte vraag was niet óf het mogelijk was, maar of ze *wilde* dat het mogelijk was?

Haar blik keerde terug naar de man voor haar. Zijn zilveren staart streek over de bezaaide bodem terwijl zijn torso glansde in het gefilterde ochtendzonlicht. Hij was haar partner. Een partner voor het leven. Een partner die kinderen wilde, gezworen had haar te beschermen en een liefdesnest voor haar had gecreëerd nog voordat hij wist wie ze was. Hem verlaten zou de grootste fout van haar leven zijn. Ze liep naar hem toe, in een poging gracieus te zijn ondanks de weerstand van het water. *Wil je er een of twee?*

Een golf van extase bereikte haar via hun band—een band die ze nu als bijzonder herkende. Het soort band dat partners zouden moeten hebben. Hij dreef naar haar toe om haar te ontmoeten, zijn zilveren ogen stralend van vuur. *Zoveel als je me wilt geven.*

Ze sloeg haar armen om hem heen en kuste hem.

HOOFDSTUK 6

Zantu wiegde zijn partner in zijn armen nadat ze opnieuw de liefde hadden bedreven, vrij zwevend in het midden van de open plek. Ze rolde op haar zij om haar rug tegen hem aan te vlijen, en hij boog zijn staart om contact te houden met haar achterwerk en benen. *Je bent opgekruld als een klein garnaaltje,* plaagde hij.

Via de mentale verbinding snauwde ze verontwaardigd. 'Ik weet niet of ik er ooit aan zal wennen om de hele dag rond te zweven. Kunnen we op het bed gaan liggen?'

Hij duwde haar haar opzij om kleine kusjes achter haar oor te geven. 'Mmm, ik besef net dat jij iets te bieden hebt wat geen enkele zeemeermin heeft.' Hij gleed met één hand langs haar ruggengraat en omvatte haar billen, terwijl zijn vingers de spleet volgden om haar nog gladde opening te ontdekken. 'We kunnen het van achteren doen.'

Brianna verstijfde, haar huid trillend met kleine vibraties. Angst, geen opwinding. Hij staakte zijn streling. *Kwets die houding je?*

Weet je zeker dat ik me geen zorgen hoef te maken over andere meermannen?

De vrees dat hij een flater had begaan door een nieuwe houding voor te stellen, werd weggespoeld in een vloed van adrenaline. Ze dacht nu al aan andere mannen. Toch waren haar gedachten niet vol lust… *Waarom vraag je dat?*

Ik denk dat iemand ons bespioneert.

Hij liet haar los en draaide zich bliksemsnel om, terwijl zijn ogen de wand van kelp afzochten waar zij naar had gekeken. Had Loia hen dan toch opgespoord? Toen hij niets zag, slaakte hij een sonische roep en analyseerde de weerkaatsing op onregelmatigheden. Hij kende dit kelpwoud als zijn eigen staartvin.

Een flits van turkoois zilver raakte de rand van zijn gezang. Vertrouwde kleuren. Vertrouwde vorm. De spanning in zijn schouders en rugvin nam af. Hij zong een speels koerend geluid, een uitnodiging. 'Ebby, kom tevoorschijn.'

Vanaf de bodem, tussen twee met schaaldieren bedekte rotsen, verscheen een klein gezichtje. 'Hoi, oom Zantu.'

'Wat doe je daar? Waar is je vader?' De sonische roep had de grotere vorm van de meerman moeten onthullen of tenminste een antwoordzang moeten uitlokken. Misschien had zijn broer Brianna gezien en was hij gevlucht.

Het meekind bleef gedeeltelijk verscholen tussen de rotsen, de grote ogen nog reusachtiger terwijl die op Brianna rustten. 'Wat is dat?'

Natuurlijk zou het kind bang zijn, en Brianna's gedachten waren op dit moment ook niet bepaald rustig. Hij trok zijn partner aan haar hand achter zich vandaan, terwijl hij tegelijkertijd zong en dacht, 'Ebby, dit is Brianna, mijn partner. Brianna, ontmoet mijn nifling, Ebby.'

Ebby glibberde tussen de rotsen vandaan, waarbij de gespikkelde turkooizen huid veranderde om op te gaan in het donkerdere groen en paars van de mosselen erachter.

O mijn God. Een baby. Een echte levende meer... hoe heten meekinderen?

Dat. Meekinderen. Zantu glimlachte.

Brianna pakte het stuk zijde uit de wieg en wikkelde het om haar heupen. Ze benaderde het kind onbeholpen en zakte op haar knieën op de vloer van steen en schelpen. *Is het een jongen of een meisje?*

Meekinderen zijn geslachtloos tot de puberteit, zond Zantu, terwijl hij slechts met een half oor naar haar luisterde. Ebby was veel te jong om alleen door de kelp te dwalen. Waar was Rubac? Was er iets wat het nest van zijn broer had aangevallen?

'Nu word jij ook kapotgemaakt, net als papa?' Een duim sloop in de mond van het kind.

Zantu negeerde de onbedoelde steek onder water. 'Waar is je vader?'

'Bij de nieuwe baby. Ik heb honger.'

Wat zegt het? De onderstroom van Brianna's gedachten trilde van verlangen om het kind aan te raken, maar ze hield zich in. Wat maar goed was ook; meekinderen waren schuw tegenover vrouwen. Hij kon het niet gebruiken dat Ebby de kelp in vluchtte. Hij deed moeite om zijn interacties met het kind zowel te denken als te zingen.

'Nieuwe baby? Dus Didra is daar?' Zeemeerminnen arriveerden vaak zwanger bij het nest van een partner, op zoek naar een veilige plek om te baren voordat ze weer verder trokken, op zoek naar een nieuwe prooi voor hun lust. En meermannen leefden, ondanks zichzelf, voor die periodes van samenzijn tijdens de dracht.

'Nee. Ze is weg.' Ebby's gezang sloeg over naar een hogere toon van bezorgdheid. 'Nu komt papa niet meer overeind en ik heb honger.'

Een onheilspellend gevoel vulde Zantu's borst. Zeemeerminnen waren misschien niet de beste moeders, maar ze bleven tenminste een paar weken om hun pasgeborenen te zogen, totdat hun partners een lokale zeeleeuwen- of ottermoeder hadden gevonden die melk kon leveren. Als Didra te vroeg was vertrokken, zou Rubac niet alleen tegen een depressie vechten, maar ook worstelen om een nieuw kind te voeden. Hele meerfamilies waren om die reden ten onder gegaan.

'Brianna, Ebby heeft honger,' zei hij en zond tegelijkertijd de gedachte. 'Zou je het erg vinden om wat eten te halen?'

Terwijl Ebby Brianna naar de tafel volgde, patrouilleerde Zantu langs de rand van de open plek en stuurde een langeafstandstoon naar zijn broer om te vragen of alles goedging. Er kwam geen antwoord terug, dus riep hij de dichtstbijzijnde señorita-vis op, een klein, behendig visje met een oranjeroze streep langs zijn zij, dat uitstekend in staat was een lied na te zingen, om de boodschap over te brengen dat Ebby veilig was.

Ebby's schelle protest trok zijn aandacht naar de tafel. 'Ik zei dat je me niet aan mocht raken!' De stekels op de rugvin van het kind stonden wijd uit als geslepen klauwen en de gespikkelde turkooizen staart was grijs geworden.

Brianna hield één hand uitgestrekt, haar gedachten vol nieuwsgierigheid, alsof ze niets gehoord had. *Kunnen jullie staarten van kleur veranderen?*

Het kind is boos. Zantu dreef naar hen toe en legde een hand op die van Brianna. Hij had haar moeten waarschuwen afstand te houden. 'Ebby, kalmeer. Ze bedoelde er niets mee.'

Ik wilde geen problemen maken. Brianna vouwde haar handen in haar schoot.

'Is ze doof?' Ebby week achteruit naar de kelp.

'Nee.' Zantu maakte er een punt van om de woorden zowel uit te spreken als te denken. 'Ze is een mens en heeft onze taal nog niet geleerd. Waarom help je me niet om het haar te leren? Ze zal je niet meer aanraken, dat beloof ik.'

Ebby aarzelde.

'Laten we beginnen met je naam.' Hij keek naar Brianna, wees naar het meekind en zei, 'Ebby.'

Brianna trok een gezicht en deinsde iets terug. *Wil je dat ik zing?*

Zoals dit. Hij nam haar hand en drukte die tegen zijn borstbeen. De toon vibreerde opnieuw vanuit hem.

Brianna rimpelde haar neus, opende haar mond en bracht een meelijwekkend straaltje geluid voort.

Ebby giechelde.

Ik kan niet zingen. Brianna sloeg haar armen over elkaar en zakte onderuit in de stoel.

Haal het hier vandaan. Zijn hand raakte Brianna's tepel terwijl hij een plek onder haar borstbeen zocht, en hij moest zijn gedachten met geweld weer bij de les houden. Het feit dat hij haar genot van zijn aanraking via hun mentale verbinding voelde, hielp niet echt.

Met een innerlijke zucht ging ze weer rechtop zitten. Dit keer was haar geluid iets sterker, maar nog steeds meelijwekkend en behoorlijk vals.

Hij lachte mee met Ebby terwijl Brianna boos keek. *Je hebt zojuist een zeester gevraagd om over je buik te wrijven.*

Ik zei toch dat ik niet kan zingen.

Je hebt gewoon oefening nodig. Probeer het lager te maken, dacht hij, terwijl hij opnieuw Ebby's naam herhaalde.

Ze rechtte haar schouders en slaakte een lange grom die steeg en daalde.

'O!' Ebby schoot naar de nabijgelegen rotsen en verdween.

Zantu slikte zijn ontzetting weg. 'Je hebt zojuist geprobeerd een school barracuda's op te roepen.'

Angst sijpelde door de gedachtenverbinding en ze klampte zich aan zijn arm vast terwijl ze om zich heen keek. *Echt waar?*

'Er zijn er gelukkig geen in de buurt.' Hoe kon dit zo moeilijk zijn? Ebby's naam was een eenvoudige toon. Een babynaam. Hij bedwong zijn gedachten, hopend dat zijn frustratie niet zou doorsijpelen. 'Ebby, kom tevoorschijn. Er is geen gevaar.'

'Ik wil naar huis.'

'Ik weet het. Ik breng je zo.'

'Ik kan zelf gaan.'

'Ik wil niet dat je daar alleen bent.'

Wat zegt het kind?

Ebby's kleine, snelle gedaante schoot al weg, laag bij de rotsen blijvend.

'Ebby!'

De zachte sonische klikjes van het kind vervaagden in de verte. Het kind mocht niet alleen door het woud dwalen. En dan was er nog de toestand van Rubac. En een nieuwe baby. Zantu moest zeker weten dat iedereen in orde was.

Hij draaide zich naar Brianna, streelde haar wang met zijn vingertoppen en boog voorover om zijn lippen tegen de hare te drukken. *Ik wil dat je hier blijft. Ik moet naar mijn broer kijken.*

Mag ik niet mee? Ik zou hem graag ontmoeten.

Meermannen brengen hun partners niet naar het nest van een ander. Het is verboden.

Waarom?

Ik heb geen tijd om het uit te leggen. Je moet me vertrouwen.

Voordat ze verder kon tegenspreken, glibberde hij tussen de kelp door naar het nest van zijn broer.

Brianna zweefde in de zachte stroming van het nest, onzeker wat ze nu moest doen. Ze had het gesprek van Zantu met het kind niet kunnen volgen, maar kon alleen maar aannemen dat het meekind in gevaar was. Hun gezongen uitwisseling had soms tonen bevat die voor Brianna nauwelijks hoorbaar waren, en ze vroeg zich af of er nog andere tonen waren die ze helemaal niet had gehoord. Ze had geprobeerd haar gedachten naar het kind te sturen zoals ze dat bij Zantu deed, maar er was geen reactie gekomen. Toen had ze bedacht dat ze elkaar misschien eerst moesten aanraken. Blijkbaar een slecht idee. En nu had haar valse gezang het kind voorgoed weggejaagd. Ze bad dat Zantu Ebby zou vinden voordat er iets ergs gebeurde.

Om de tijd te doden verkende ze de open plek en bewonderde ze de manier waarop hij menselijke spullen had geïntegreerd met de behoeften van de oceaan. De zeesponzen als matras, het parelmoer ingelegd in hout. Toen ze daarop uitgekeken was, probeerde ze een dutje te doen, maar zonder Zantu als anker voelde ze zich blootgesteld. Alleen.

Ze bevond zich op de bodem van de oceaan. Naakt, op het lapje zijde na dat ze uit de wieg had gepakt. Ze had tenminste geen lucht nodig. Voor hoelang? Ze wenste dat ze het hem gevraagd had.

Vanachter de dikke kelpwand bereikte haar een constant gezoem en getjilp, alsof ze in een bos vol vogels en insecten was. Ze nam aan dat de vissen en schaaldieren de vogels en insecten van de oceaan waren.

Nieuwsgierig stak ze een hand door de bladeren en duwde ze opzij, alsof ze door gordijnen gluurde. Een feloranje vis ontmoette haar blik, schijnbaar net zo nieuwsgierig naar haar als zij naar hem was. Het beestje wiebelde daar en keek haar verwachtingsvol aan. *Ik heb geen eten voor je, kleintje.*

Een gespikkelde bruin-witte vis met een stekelige rugvin schoot tevoorschijn en hapte naar de oranje vis.

Hé! Doe eens aardig!

De gespikkelde vis schoot heen en weer en bleef toen voor haar gezicht hangen, terwijl zijn bolle ogen onafhankelijk van elkaar bewogen om overal te kijken behalve naar haar.

De kleine oranje vis kwam terug, deze keer met een vriendje, en opnieuw schoot de bruine vis naar voren om aan te vallen. De oranje vis slaakte een meelijwekkende kreet en Brianna merkte dat ze zich door de kelp heen duwde om hem te redden. *Hou op!*

Alle vissen stoven uiteen.

Nu ze buiten de beslotenheid van het nest was, nam ze de gelegenheid te baat het kelpwoud te verkennen. Een rotswand bedekt met levendige paarse en roze mosbegroeiing trok haar aandacht. Ze kon het niet weerstaan en ploeterde naar voren voor een beter kijkje. De wand krioelde van de vissen en andere wezens. Een paarsgespikkelde octopus borrelde uit een spleet in de rots en glibberde langs de wand naar beneden, alsof hij verontwaardigd was over haar bezoek. Een slak met een gouden huisje kroop traag over een uitsteeksel terwijl kleine rode garnaaltjes om hem heen over het oppervlak schoten. *Jij weet vast hoe onhandig ik me voel in het water,* dacht ze tegen de slak.

Iets stak haar in haar voet, en ze trok haar knieën op, beseffend dat ze op een anemoon was gaan staan. De steek brandde als een gek. Ze greep haar voet om de rode striem op haar enkel te bekijken. Terwijl ze zich in bochten wrong om geen andere anemoon aan te raken, flapperde ze met haar armen en benen en slaagde erin wat hoogte te winnen. Zonder Zantu hier leek haar lichaam instinctief op vaste grond te willen staan in plaats van te zweven. Ze zou beter moeten opletten.

Een kleine haai zwom zigzaggend voorbij, waardoor ze schrok. Ze slikte, zich afvragend of er grotere exemplaren op de loer lagen. Met haar rug tegen de wand besloot ze dat ze beter naar het nest kon terugkeren. Bovendien deed haar voet vreselijk pijn.

Ze draaide zich om om haar weg terug te vinden, en besefte dat ze niet precies wist hoe. Laag na laag kelp zag er precies hetzelfde uit. Hoe ver was ze langs de wand gegaan? *Domme Brianna. Hij zei nog dat je moest blijven waar je was.*

De gespikkelde vis met de rugvin tikte tegen haar hand. Ze deinsde terug en bekeek hem. Na de anemoon was ze extra voorzichtig. Maar hij bleef daar gewoon hangen, terwijl zijn ogen alle kanten op rolden alsof hij een schildwacht was die de taak had haar te bewaken.

Misschien kon ze de spleet met de octopus weer vinden en van daaruit verdergaan. Ze flapperde met haar benen in die richting, terwijl haar ledematen moe werden van de inspanning om boven de bodem te blijven. Wat zou ze nu graag een reddingsvest willen hebben.

Ze keek naar het bladerdak boven haar. Als ze naar de oppervlakte ging, zou ze dan weer lucht kunnen inademen? En als ze dat deed, zou ze dan haar vermogen verliezen om onder water te ademen? Ze kon zich nauwelijks herinneren waarom ze zichzelf had willen verdrinken—was dat nog maar gisteren? Nu had ze een zeegod als minnaar. Een partner. Ze kon zich de eeuwigheid voorstellen, veilig in zijn armen. En waarom niet? Eric dacht toch al dat ze dood was. Teruggaan zou niets oplossen. Ze had een nieuwe kans op leven gekregen. Op de liefde. En misschien wel op het moederschap.

Ze trapte weer met haar benen, zoekend naar een herkenbaar punt langs de wand. Wat als hij nooit meer terugkwam?

Ze bande de gedachte uit. Hij moest terugkomen. Ze waren partners. Eén van geest. De ontbrekende mentale verbinding voelde als een gat in haar binnenste. Uit nieuwsgierigheid riep ze in haar gedachten, *Zantu?*

Enkel stilte.

Boven haar verscheen de nieuwsgierige oranje vis weer, alsof hij haar naar boven uitnodigde. Zong hij voor haar? Misschien moest ze naar de bovenkant van de wand zwemmen voor een beter overzicht.

Ze trapte met haar benen en stuwde zichzelf omhoog, zonder de gratie die Zantu bezat. De gespikkelde vis volgde haar en bleef dicht bij haar linkeroor, zijn gezang een grappig klein gezoem als van een cicade.

Bij de bovenrand van de rots werd de stroming sterker. Ze trapte harder, proberend dicht bij de wand te blijven. Het kelpwoud daarboven was onmogelijk om doorheen te kijken, maar ze dacht dat ze iets zag bewegen. Iets groots. Haaien schoten weer door haar hoofd en haar hartslag versnelde tot een duizelingwekkende vaart. Ze stopte met trappen en liet zich weer zinken. Ze moest gewoon naar de zeebodem terugkeren en daaroverheen lopen zoals eerst, zeeanemonen of niet. Hierboven voelde ze zich de controle kwijt.

Een afgebroken blad tolde door de stroming en raakte haar wang, waarna het over één oog flapte. Ze klauwde het weg. Toen ze weer kon zien, was de gespikkelde vis nergens meer te bekennen. Kelpbladeren botsten tegen haar benen en grepen haar vast terwijl ze tegen de stroming vocht. Hoe meer ze trapte, hoe meer ze verstrikt raakte.

Paniek greep haar naar de keel. Ze spartelde tegen de verstikkende strengen. Terwijl de kelp haar benen vasthield, bleef de stroming tegen haar bovenlichaam duwen en merkte ze dat ze op haar rug lag, starend naar een door de golven bewogen streepje blauwe lucht. Bladeren bedekten haar ogen, bonden haar rechterarm tegen haar zij vast en zetten haar benen vast.

Iets wat klonk als een lach bereikte haar, maar ze kon niets meer zien. Zonder na te denken schreeuwde ze, het geluid kwam diep uit haar buik. Ze wist dat het in haar hoofd luider was dan in het water, maar wat als ze zojuist een andere school barracuda's had geroepen? Of een haai?

Ze klemde haar lippen op elkaar en zond, *Help!* met alle kracht die ze in zich had. *Zantu, help!* Hoe moest hij haar vinden, zo ver van waar hij haar had achtergelaten?

Water prikte in haar ogen en neus. Het voelde alsof de kelp de adem uit haar lichaam perste. Ze vocht tegen haar boeien, zich afvragend of ze hier beneden dan toch nog zou sterven.

HOOFDSTUK 7

Zantu trof Rubac aan op een hoop zeesponzen, met een pasgeborene op zijn borst gekruld. Het nest was een traditioneel meermansnest, zonder het menselijke afval dat Zantu zo graag verzamelde, afgezien van het speelgoed dat hij voor Ebby had meegebracht. Het zeekind was er al, nors starend vanachter een poppenhuis.

'Broer?' Zantu benaderde de liggende meerman door een zeewiertuin die tot op de stoppels was afgegrazen.

Rubac opende zijn limoengroene ogen. 'Je bent gekomen.'

'Ebby kwam naar mijn nest om te klagen over een nieuwe baby.'

'Didra zei dat ze terug zou komen.' Zijn stem had een mineurtoon die weinig goeds voorspelde voor welke meerman dan ook. 'Maar ik weet dat ze dat niet zal doen.'

Zantu wilde de zeemeermin met de gouden staart opzoeken en haar wurgen met haar eigen gele haar. 'Heb je hulp nodig om aan melk te komen?'

Rubac wuifde met een slappe hand, vol ringen en wat hij zijn gebedsarmband noemde, door het water. 'Het heeft geen zin.'

Zantu bekeek de baby van dichterbij. Het kleine stompje van een staart lag slap over de borst van zijn broer. Een pluk gitzwart haar zweefde losjes in de stroming. Maar de huid, die gevlekt had moeten zijn met de kleur van een pasgeborene, bleef bleek. Was Didra vertrokken omdat de baby dood was, of was het andersom? Zijn borst deed pijn van het verlies. 'Rubac, het spijt me.'

'Wil je Ebby voor me meenemen?'

Zantu's keel snoerde zich dicht. Meermannen waren er erg goed in zichzelf wijs te maken dat hun partners elk moment terug konden komen. Goed in het focussen op de kinderen die zij hun brachten, ondanks een gebroken hart. Totdat hun hart er genoeg van had. En zodra een gebroken hart eenmaal bezweek, was er geen weg meer terug. Zantu kon niet toestaan dat zijn broer het zomaar opgaf. 'Herinner je je nog dat vader jou de leiding gaf terwijl hij medicijnen ging zoeken voor die snee in zijn staart? Hoe het voelde om te denken dat hij misschien niet terug zou komen, en hoe we hem waren gaan zoeken? Denk je niet dat Ebby hetzelfde zou doen?'

'Ik wist dat hij terug zou komen. Ik wilde gewoon op verkenning gaan.' Rubacs mond vertrok even naar boven, alsof hij wilde glimlachen maar het niet kon.

Met een slag van zijn staart zwiepte Zantu een wolk van kleine schelpen en gruis naar de meerman. 'Ik ben serieus. Denk aan hoe we ons voelden. Wil je dat Ebby zich ook zo voelt?'

Rubacs antwoord klonk wanhopig. 'Ik heb je hulp nodig, zodat ik kan proberen de ziel van de baby te verheffen.'

Als Zantu's keel al dichtgesnoerd zat, voelde het nu alsof zijn hele borstkas op instorten stond. De voorliefde van zijn broer voor zeemythen en magie kon soms vermakelijk zijn, maar in dit geval zou het waarschijnlijk dodelijk blijken. De mythe van de verheffing beweerde dat een grote blauwe vinvis een zeeziel kon bevrijden uit de cyclus van de zee. Maar blauwe vinvissen leefden alleen in de wilde diepten, ver van de veiligheid van het kelpwoud. Zantu en zijn broer hadden het risico voor Ebby's geboorte al enkele malen getrotseerd; Zantu was op zoek naar waardevolle spullen terwijl Rubac met de kleinere walvissen en andere wezens sprak. Toen hadden ze niets anders te verliezen dan zichzelf.

'Dit is niet het moment om achter mythen aan te jagen.' Hij reikte naar de slappe gedaante op Rubacs borst. 'Waarom zorg ik niet voor de baby? Blijf jij bij Ebby.'

Rubac hield zijn dode kind nog steviger vast. 'Ik moet het proberen.'

'Een levend kind heeft je nodig. Je kunt niet meer zulke risico's nemen als vroeger.'

'Daarom heb ik ook nodig dat Ebby bij jou blijft.'

'Ebby heeft *jou* nodig, broer.'

'Je houdt van Ebby, en jij hebt nog geen partner, dus—'

'Oom Zantu heeft nu wel een partner,' zong Ebby vanachter het poppenhuis.

Door het hartverscheurende drama met Rubac was Zantu Brianna bijna vergeten. Hij hoopte dat ze niet te bang was. Hoewel hij had gecontroleerd of er geen roofdieren in de buurt waren, brandde elke spier in zijn lichaam plotseling van de drang om naar haar terug te keren. Maar zijn broer had hem ook nodig, en net zo hard. Hij werd verscheurd tussen twee werelden.

Rubac kwam overeind van de berg sponzen en staarde Zantu aan. 'Ben je gevangen? Wanneer?'

'Dat is een lang verhaal, en daar heb ik nu geen tijd voor. Maar ik kan Ebby niet meenemen. Ik moet weten dat je je kind niet in de steek laat om een mythe na te jagen.'

'Ze is een mens,' flapte Ebby eruit terwijl ze een naakte pop met lange benen omhooghield. 'Geen staart.'

Rubac knipperde met zijn ogen en keek fronsend naar de pop. Hij wendde zich weer tot Zantu, zijn limoengroene ogen nu scherp van nieuwsgierigheid. 'Menselijk?'

'Ik zei het al, het is een lang verhaal.' Zantu trok zich terug, opgelucht dat zijn broer blijkbaar weer bij zinnen was gekomen. 'Ze wacht op me in mijn nest.'

'Wachten? O, je bent *echt* misleid.' Rubac legde een hand op Zantu's schouder. 'Het spijt me zo. Ik dacht dat jij misschien een van de gelukkigen zou zijn die aan de band zou ontsnappen.'

'Menselijke vrouwen zijn anders.'

'Je meent het.' Rubac zakte weer terug op de sponzen. 'Je hebt je verbonden aan een mens.'

'Inderdaad.'

'Daar wil ik alles over horen.'

De aangeboren nieuwsgierigheid van zijn broer gaf Zantu een drukmiddel. 'Beloof me dat je Ebby niet in de steek laat om naar de diepte te vertrekken, dan beloof ik dat ik over een dag of twee terugkom om het je te vertellen.'

Rubac leek even na te denken en knikte toen. 'Ik zal Ebby niet in de steek laten.'

Zantu blies een sliert opgeluchte bellen uit. Zodra hij zich zekerder voelde over het achterlaten van Brianna in het nest, kon hij terugkomen om zijn belofte na te komen. 'Dank je. Ik moet terug naar Brianna. Ze is nog nooit alleen geweest.' Hij duwde het scherm van kelp opzij om de open plek te verlaten. 'Denk aan je belofte. Ik zie je over een paar dagen.'

'Jij ook, broer. Veel succes.'

Zantu glipte door de stengels, opgelucht dat zijn broer weer verstandig deed. Tenminste, hij hoopte dat Rubac in orde was en Ebby niet in de steek zou laten voor een mythe. Maar Zantu had op dit moment andere verantwoordelijkheden dan zijn broer.

Zantu zond een gedachte uit, onzeker over hoe ver de verbinding reikte. Niet ver van het nest was hij het contact verloren.

Niets.

De bruingevlekte donderpad die hij had achtergelaten om over haar te waken, had hem moeten komen zoeken als er problemen waren. Het was niet de beste bewakingsvis, maar wel betrouwbaarder dan de nukkige oranje garibaldi's die zeemeerminnen vaak puur voor hun plezier dienden.

Hij schoot door de kelp en zond pulserend een sonische zoektocht vooruit om de weg vrij te maken. De kelp werd dunner toen hij het territorium van Rubac verliet en de richel bereikte die naar zijn eigen nest leidde. Met een scherpe bocht dook hij over een rotsrand, recht op zijn nest af.

Terwijl hij zich door de dikke muur van kelp de open plek op drong, glimlachte hij vol verwachting. Nooit eerder had hij een partner gehad om bij thuis te komen. In het nest keek hij om zich heen, en zijn glimlach vervaagde. *Brianna?* Ze was nergens te bekennen. Hij zette ook een sonische zoektocht in.

Weg.

Natuurlijk had ze hem verlaten. Dat was wat vrouwen deden. Hij had gehoopt dat een mens anders zou zijn, maar blijkbaar niet. Waarom had hij geloofd dat zij anders zou zijn dan elke andere vrouw? Toch omhulde een donkere wolk van twijfel zijn ziel. Zijn nest was ver van het land. Hoe kon ze verwachten dat ze het op eigen houtje zou redden en de veiligheid zou bereiken? Er waren roofdieren, muistromen, zeemeerminnen en andere gevaren. Zonder vinnen of staart zou ze aan de stroming overgeleverd zijn. Hij moest er zeker van zijn dat ze veilig was, ook al had ze hem verlaten.

Hij gleed het nest uit, op zoek naar de bewakingsvis. Verdwenen, natuurlijk. Hij creëerde een gezang voor de eenvoudige wezens in de omgeving en vroeg hen naar de verblijfplaats van de mens. Als één geheel wezen ze naar de nabijgelegen rotswand. Een oranje garibaldi giechelde en schoot weg, gevolgd door een paar vriendjes.

Een vlaag van paniek sijpelde door Zantu's geest. Hij schoot de garibaldi achterna door de rotsen en tussen de kelp, terwijl hij zowel mentaal als met zijn sonar vooruit riep.

Zelfs met de stroming kon ze niet ver zijn afgedwaald. Waar was ze?

Een bruingespikkelde donderpad stak zijn kop achter een zeewaaier op de bodem vandaan; zijn geest zond het gevoel uit van stijgen naar het oppervlak en de trek van de sterkere stroming. Donderpadden waren bodembewoners en de eigen instincten van het wezen hadden de opdracht om Brianna te bewaken overstemd.

Zantu had beter moeten weten dan een donderpad te vertrouwen om onraad te melden. Lafaards, stuk voor stuk.

Een nieuwe golf van paniek rimpelde door Zantu. Was het gevoel van hemzelf of ontving hij iets van Brianna? Terwijl hij naar het oppervlak schoot, riep hij met zowel zijn stem als zijn geest. *Brianna!*

De paniek in zijn borst werd sterker en nu besefte hij dat die niet alleen van hem was. Er fluisterde een woord door zijn geest. *Help!*

Brianna! Waar ben je?

Toen hij in een dicht kelpgedeelte kwam, werden de woorden sterker. *Ik kan niet ademen. God, schiet op!*

Hij tolde om zijn as en speurde het omringende woud af. Hij kon niets onregelmatigs ontdekken. De mentale verbinding gaf hem geen enkel richtingsgevoel. *Kun je voor me zingen? Roep me!*

Nee! Er is iets in de buurt. Ik ben bang. De kelp— haar

gedachten waren troebel, maar de paniek was scherp en helder.

Zantu riep een lied op uit het diepst van zijn wezen en vormde een bevel voor elk dier binnen bereik. 'Bescherm mijn partner!'

Het water kolkte van activiteit terwijl de wezens in de buurt de boodschap doorgaven: lage, misthoornachtige roepen van een nabijgelegen zwarte zeebaars, het gezoem van een school baarzen en laag bij de oceaanbodem het 'ba-ba-ba' van een paar zeevlinders. En toen een hoge blaf van een zeeleeuw, een waarschuwing over de invasie van zijn territorium. Zantu koerste op de roep af en stoof tussen de stengels door tot hij het snorhaarachtige gezicht van het plaatselijke zeeleeuwenmannetje zag. Hij had vaker contact gehad met het dier, en het duldde Zantu in wat het als zijn domein beschouwde.

'Wat is er?'

De zeeleeuw ontblootte zijn tanden met ongewone agressie en antwoordde met de kreet die zeeleeuwen gebruikten om concurrenten weg te jagen.

Zantu boog nederig zijn hoofd om uit zijn ooghoek

te kijken. 'Je kent me, broer. Ik ben hier niet om jou of je familie pijn te doen. Ik zoek een mens.'

Het beest cirkelde om hem heen, het oogwit scherp afstekend tegen de gladde bruine vacht. Het gromde een verhaal over een zeemeermin die spelletjes speelde en de kelp gebruikte om de jongen van zijn harem in de val te lokken en te verdrinken.

Met een knoop in zijn maag maalde hij zijn tanden op elkaar. Een zeemeermin zou het nog leuker vinden om Brianna te treiteren dan jonge zeeleeuwen. 'Breng me erheen.'

Het grote dier maakte een salto en schoot door de kelp naar een gebied waar de stengels van hun houvast waren losgerukt om een drijvend dek van groen te vormen. Dikke stengels raakten verstrikt in het bladerdak en trokken nog meer stengels los terwijl de stroming haar meedogenloze weg vervolgde. In de verte beantwoordden de kreten van de harem van de zeeleeuw de spottende lachjes van een vluchtende zeemeermin. Het grote mannetje brulde en stoof die kant op.

Zantu spande zich in om te volgen, maar zag toen glimpen van huid tussen de kluwen kelp. Een naakte voet stak uit de drijvende massa. Hij verlegde zijn koers en scheurde door de massa naar zijn partner toe.

Ik ben hier, dacht hij terwijl hij de stengels en het vuil losrukte. Hij duwde de vaten met platte bladeren opzij en zocht naar haar gezicht.

Haar gedachten waren in een wazige rust weggegleden. Bijna onbestaand. Hij trok een blad opzij en zag haar ogen die hem aanstaarden. Door hem heen. *Nee!* Onmiddellijk plaatste hij zijn lippen op de hare en liet een stroom bellen in haar mond vloeien. *Brianna, adem!*

Haar lichaam schokte, terwijl haar ledematen nog steeds door de kelp gebonden waren. Ze mocht niet sterven. Opnieuw kuste hij haar lippen, terwijl hij probeerde te herinneren hoe hij het precies had gedaan toen ze elkaar voor het eerst ontmoetten. Het was één ding als ze hem zou verlaten en terugkeren naar de oppervlakte. Terug naar haar leven daar. In de wetenschap dat ze leefde, zou ook hij verder kunnen leven. Maar als ze in zijn armen zou sterven, zou hij niets meer hebben om voor te leven. *Alsjeblieft, Brianna. Ik hou van je.*

Bevrijd me, dacht ze.

De pijn in zijn binnenste trok scherp samen. Het raakte hem in de kern. Het herinnerde hem eraan dat ze het nest had verlaten, naar de oppervlakte was gezwommen om te ontsnappen. Zelfs nu wilde ze nog van hem bevrijd worden. Hij wilde dat hij die wens kon nabootsen. De band waarvan hij had gedacht een manier te vinden om hem te verbreken, was mettertijd alleen maar sterker geworden. Hij zat net zo vast aan de band als zij aan de verstikkende kelp.

Met zijn klauwen greep hij een handvol stengels en trok ze los. Nog een handvol. Hij stortte zich op de zielloze planten en verscheurde de dikke stengels en bladeren, waarna hij ze met de stroming liet wegdrijven. 'Je had me niet mogen verlaten,' gromde hij, zijn gedachten een kolkende brij van emoties die ze waarschijnlijk niet kon ontcijferen. Hij wist zelf niet eens precies wat hij voelde, behalve dat het meer pijn deed dan hij ooit voor mogelijk had gehouden. Hij wilde haar pijn doen en haar tegelijkertijd vasthouden.

Op het moment dat hij de laatste strengen lostrok, sloeg ze haar armen om hem heen en begroef ze haar gezicht tegen zijn schouder. *O, god, dank je wel.*

Zijn uitzinnige emoties losten op als zout in het water. Hij omhelsde haar en genoot van haar warmte tegen hem aan, de zonnige geur van haar huid die hem zo had betoverd. Hoe kon zij hem zo in haar macht hebben? Het maakte niet uit. Hij was van haar, nu en voor altijd. En ze leefde.

Verlaat me niet meer. Ze hield hem steviger vast.

Ze speelde natuurlijk met hem. Ze gebruikte hem wanneer ze hem nodig had, om hem bij de volgende gelegenheid weer aan de kant te schuiven. Zijn borst deed pijn, alsof de partnerband het leven uit hem perste. Hij probeerde haar gedachten te lezen, maar de zijne waren te onstuimig om helder te zien. *Ik dacht dat je vrij wilde zijn?*

Ik wilde vrij zijn van de kelp. *Dacht je dat ik vrij van jou bedoelde?*

Waarom had je anders geprobeerd het oppervlak te bereiken?

Ze duwde zich van zijn borst af om hem in zijn gezicht te kijken. *Dat heb ik niet gedaan. Je was zo lang weg en ik verveelde me. Er waren vissen aan het vechten en ik dacht dat ik ze uit elkaar zou halen. Ik weet dat het dom was. Ik had moeten blijven waar ik was. De stroming zoog me mee.*

Ik kon het nest niet meer vinden. Toen raakte ik verstrikt in de kelp en, en— Haar gedachten buitelden over elkaar heen, verzadigd van pure angst. *Ik dacht dat ik doodging.*

Een golf van opluchting overspoelde hem. En schuldgevoel. De verbinding tussen hun gedachten kon niet liegen. *Ik beloof dat ik je nooit meer alleen zal laten.*

Hij krulde zijn staart omhoog om met zijn vin de sensuele ronding van haar billen te strelen. Haar benen bleven hem fascineren, en de manier waarop ze hem met zowel haar armen als haar benen kon omhelzen tijdens het vrijen, dreef hem tot waanzin van lust. Ze zuchtte in haar geest bij zijn streling en spreidde haar dijen. Haar geest straalde vertrouwen uit. Toewijding. Liefde?

Zijn lid zwol op en bonsde, eisend om ontlading, eisend om de verzadiging door haar verhitte kern, maar hij hield zich in. Hij wilde van elk moment kunnen genieten. Haar hem net zo hard laten begeren als hij haar begeerde. Hij liet zijn handen over de ronding van haar heupen dwalen; zijn duimen gleden langs de lichte holtes van haar heupbeenderen tot ze het donzige bosje tussen haar benen vonden. Zo zacht, zo heet; de heuvel pulseerde toen hij zijn vingers eroverheen klemde en tussen die sensuele lippen glipte.

Ze liet haar handen over zijn armen glijden, langs zijn biceps, om zijn nek. Hij boog zijn hoofd om haar te kussen, zijn vingers masseerden haar schaamlippen terwijl zijn mond haar lippen openduwde om zijn tong te ontvangen. Haar vingers bereikten de bovenrand van zijn rugvin en volgden die aan weerszijden langs zijn ruggengraat omlaag naar zijn heupen. Zijn lid sprong tevoorschijn. Toch negeerde hij het nog, betoverd door de erotische bewegingen van haar heupen tegen zijn hand.

Hij verliet haar lippen en zocht een borst, nam haar tepel tussen zijn tanden om er zachtjes aan te knabbelen. Haar vingers klauwden in hem, haar geest tolde in een spiraal van zowel genot als pijn. Hij zou voorzichtig moeten zijn met zijn puntige tanden tegen haar tere huid. Terwijl hij haar glibberige knopje bleef masseren, ging hij naar de andere borst en zoog de tepel tot een harde punt voordat hij kusjes langs haar buik naar beneden trok.

Ze schokte en spande zich tegen hem aan. Hij sloeg zijn andere hand om haar heen om haar kont vast te houden en boog zijn hoofd tussen haar benen om zijn vingers te vervangen door zijn tong. Ze smaakte even lekker als ze rook, en ze bewoog nog heviger tegen hem aan, terwijl haar gedachten naar penetratie snakten.

Zoals je wenst, zond hij, en hij liet een vinger in haar glijden. Haar inwendige ribbels trilden om zijn vinger. Hij liet een tweede naar binnen glijden en ontdekte dat het buigen van zijn vingers, terwijl hij haar diepten verkende, haar in een waterval van genot stortte. De gedeelde mentale verbinding met haar schokkende hoogtepunt zorgde ervoor dat hij bijna zijn zaad in het omringende water liet vloeien.

Terwijl hij haar zijden vasthield, gleed hij langs haar lichaam omhoog om haar mond weer met de zijne te vinden. Zijn lid drong haar kern binnen, zo makkelijk als een aal die terugkeert naar zijn hol, soepel en sierlijk en een perfecte match. Ze zuchtte van mentale voldoening en tilde haar gezicht op om hem te kussen.

Ik hou voor altijd van je, dacht hij, terwijl hij zijn zaad diep in haar achterliet.

HOOFDSTUK 8

ls een babyotter lag Brianna boven op de borst van Zantu, terwijl meters onder hen de kelphennen in bedrieglijk rustige patronen wiegden. Ze reikte omhoog en doorbrak het wateroppervlak met één hand; de druppels op haar vingertoppen braken de ondergaande zon in kleine regenbogen. Terwijl ze haar hand terugtrok in de omhelzing van de oceaan, liet ze haar vingertoppen over de golvende spieren van Zantu's buik glijden. De gedachte om weer door het kelp naar beneden te gaan naar zijn nest beangstigde haar. Apart zijn van Zantu beangstigde haar. Alles aan deze oceaan beangstigde haar. Meer dan beangstigend zelfs. Nu zowel de adrenaline van de schrik als de passie van de vrijage wegstroomden, besefte ze dat ze razend was. *Hoe kon je me zo alleen laten?*

Zantu klemde haar steviger tegen zich aan, terwijl zijn staart ritmisch door het water sloeg. *Het spijt me—*

Ze gaf hem een duw, spartelde toen hij haar losliet en klampte zich vervolgens weer aan hem vast terwijl ze op zijn keiharde borst sloeg. *Wat als je niet op tijd terug was geweest? Besefte je wel dat ik zou stoppen met ademen?*

Ik had een donderpad achtergelaten om over je te waken—

Een vis? Je hebt me achtergelaten onder de hoede van een vis?

Een fout, dat geef ik toe. Hij greep de vuist vast waarmee ze op zijn borst had zitten trommelen. *Ik weet niet waarom je moeite had met ademen. De ademspreuk hoort tot de nieuwe maan te duren. Misschien heeft die zeemeermin hem verbroken.*

Een nieuwe angst nestelde zich in haar maag. *Ademspreuk? Is dat een betovering? Wat als hij weer wordt verbroken?*

Ik laat je niet meer alleen. Zijn gezicht stond strak van

vastberadenheid. *Niet voordat ik weet hoe ik je veilig kan houden.*

Door zijn ontwijkende antwoord sloeg haar angst om in achterdocht. *Dat is niet wat ik vroeg.*

Zolang ik in de buurt ben, kan ik de band vernieuwen.

Ze staarde omhoog naar de donker wordende lucht. *Je kunt onmogelijk garanderen dat je elk moment van de dag aan mijn zijde zult zijn.*

Zijn geest was een maalstroom van ideeën tot hij bleef hangen bij een voorzichtige gedachte. *Mijn broer weet misschien meer van diepere magie.*

Haar vuist balde zich onder zijn handpalm tot haar nagels in haar vlees sneden. *Ik laat je me niet nog een keer alleen.*

Nee. Dat zal ik niet doen.

Wat dan? vroeg ze, hopend dat meermannen een manier hadden om over lange afstanden te communiceren, al wist ze dat dit niet zo was. Als dat wel zo was, had hij de eerste keer simpelweg zijn broer kunnen roepen.

Je gaat met me mee. Ondanks de muur die hij tussen hun mentale verbinding had geprobeerd op te trekken, flitsten er gruwelijke beelden door haar geest. Een razernij van meermannen die een van hun eigen soort aan stukken scheurden. Bloed dat het water vulde. Een ijzingwekkende stilte wanneer ze vertrokken en de doden achterlieten als voer voor de vissen.

Ze hapte naar adem en kreeg zout water in haar keel. *Wie zijn die meermannen?*

Zantu's borstkas steeg en daalde in een zucht. *Herinner je je dat ik zei dat het verboden is om een partner mee te nemen naar het nest van een ander? De straf op het breken van het pact is de dood.*

Haar hart sloeg zo snel dat ze dacht dat het zou ontploffen. *Maar... zelfs je broer?*

Mijn broer is niet zoals andere meermannen. Hij zal naar me luisteren. De woorden die hij stuurde waren kalm, maar ze proefde een valse noot in zijn zelfverzekerdheid.

Waarom zo'n zware straf? vroeg ze.

De meeste meermannen zijn solitaire wezens die zowel meerminnen als andere meermannen mijden. Zijn armen klemden zich steviger om haar heen. *Helaas is het voorgekomen dat zwakkere meermannen toegaven aan de wens van een partner en de locaties van de nesten van andere meermannen onthulden. Elke meerman die niet aan een partner gebonden is, zou dan waarschijnlijk gedwongen worden om te paren, niet beter dan een slaaf. Iedereen die haar afwijst, krijgt te maken met haar toorn, niet alleen hijzelf, maar ook zijn kinderen. Hele families zijn vernietigd door een enkele zeemeermin. Een nest hoort een toevluchtsoord te zijn. Een veilige plek, verborgen in het kelp, weg van roofdieren en zeemeerminnen. Het onthullen van de locatie van een nest is een van de zwaarste zonden. Het uitvoeren van de straf is een van de weinige momenten waarop meermannen samenkomen.*

Ze slikte, niet in staat om de gewelddadige beelden uit haar hoofd te wissen. *Ik wil niet dat jij gewond raakt.*

Rubac en ik delen een speciale band, hechter dan andere broers. We hebben vele jaren samen de wilde diepten verkend op zoek naar schatten en kennis. Toen Didra hem strikte, dacht ik dat onze band voorbij zou zijn, maar hij is sterk. Hij vertrouwt me genoeg om zijn nest te bezoeken. Om voor zijn kind te zorgen.

Wat als je me aan de oppervlakte achterliet? Ze kneep hem steviger vast en drukte haar gezicht tegen zijn borst. *Ik zou daar kunnen watertrappelen en ademen tot je terug bent.*

Zijn toch al duistere gedachten werden stormachtig. *De oppervlakte is niet veilig. Roofdieren kunnen je van onderaf zien, golven kunnen je van bovenaf begraven. En andere mensen zouden je kunnen vinden en meenemen.*

Dat laatste sprak hij niet uit, maar het kwam ongevraagd mee in zijn gedachten. Ze streek liefdevol met haar vingers langs zijn rugvin. *Ik wil je niet verlaten, mijn liefste.*

Een rilling trok over zijn huid en schuldgevoel vertroebelde de mentale verbinding. *Ik probeer je te vertrouwen. Maar alles wat ik over vrouwen heb geleerd, vertelt me iets anders.*

Naar aanleiding van het weinige dat ze over zeemeerminnen had geleerd—en gezien—wist ze dat hij een zware strijd voerde. Ze wilde dat hij haar vertrouwde. Ze geloofde dat hij dat na verloop van tijd zou doen. En ze moest toegeven, het idee om haaien af te weren of haar hoofd boven de beukende golven te houden, klonk even onwaarschijnlijk als het overleven van een reis naar het nest van Rubac. *Als de oppervlakte geen optie is, moet er een ander alternatief zijn. Waar heeft Rubac die magie geleerd? Kunnen we daarheen gaan?*

Bellen ontsnapten uit zijn neus. *De wilde diepten zouden gevaarlijker zijn dan je meenemen naar het nest van Rubac. Ik denk dat Rubac de bijzondere omstandigheden wel zal begrijpen. Zeker omdat je Ebby al hebt ontmoet.*

Haar gedachten keerden terug naar het zeekind en de reden waarom Zantu de eerste keer was weggegaan. *Is alles goed met Ebby?*

Ebby is voorlopig veilig. Het is mijn broer om wie ik me zorgen maak. Zantu's gedachten werden wazig en wankelden door onzekerheid.

Waarom?

Zijn nieuwe baby is dood. Waarschijnlijk doodgeboren. Hij is...

Doodgeboren? De mentale verbinding met Zantu knapte en leek uit te doven, alsof er kortsluiting was ontstaan. Een onverwachte tsunami aan herinneringen overspoelde haar. Het eerste geluid van de hartslag van haar baby. De geur van verse verf in de babykamer. Het gevoel van dat eerste, fladderende schopje diep vanbinnen. En toen de dag waarop ze besefte dat het schoppen was opgehouden. De pijn van de vruchteloze weeën en de bevalling. De gezegende bewusteloosheid door het bloedverlies.

En tot slot Eric, die in de deuropening van het ziekenhuis stond en haar vertelde dat hij 'alles al geregeld' had. Ze was vijf dagen buiten bewustzijn geweest en de as was toen al verstrooid.

De prikkeling van water in haar neus en keel rukte haar terug naar het heden. Het water kneep haar van alle kanten, de adem uit haar lichaam persend. Ze besefte dat ze naar lucht hapte, maar er was nergens lucht te bekennen.

Zantu's handen grepen haar gezicht vast en ze voelde zijn mond tegen de hare. Haar longen ontspanden onmiddellijk. Zijn kus was teder, zacht. Doordrenkt van liefde in plaats van lust. Een anker in haar storm. Hij hield zijn hoofd schuin en kuste zachtjes haar kaaklijn, terwijl hij over haar rug streek alsof hij een paard kalmeerde. *Ik geloof dat ik nu begrijp waarom je naar me toe bent gekomen,* fluisterde zijn geest in de hare.

Ze had dan wel geen fysieke stem, maar haar

gedachte was verstikt door pijn. *Hij heeft haar van me afgenomen. Ik heb nooit afscheid kunnen nemen.*

Het spijt me zo. Hij nam haar in zijn armen.

Misschien kwam het door de mentale verbinding, maar het oprechte, gedeelde verdriet dat uit Zantu's gedachten stroomde, was sterker dan alle woorden van troost die ze van familie en vrienden had ontvangen bij elkaar opgeteld. Zeker meer dan ze ooit van Eric had gekregen, die niet begreep waarom ze niet dankbaar was dat haar de rompslomp van een begrafenis was bespaard. Ze stortte in en snikte tegen haar partner, huilde echt zoals ze bij Eric nooit had gekund. Zantu hield haar stevig vast en zei niets, omdat dat niet hoefde. Het was genoeg dat hij bij haar was. Genoeg dat hij met heel zijn hart de dingen beter wilde maken.

Ze huilde vanuit het diepst van haar ziel, en de oceaan nam haar tranen op alsof het de zijne waren.

Nadat hij Brianna in haar verdriet had getroost, droeg Zantu haar door het nachtdonkere kelpwoud. Haar gedachten waren treurig maar helder. Er was iets in haar veranderd, alsof brak water was weggespoeld door het opkomende tij. Ze had veel meegemaakt— zelfs voordat hij haar had ontmoet. Wat had hij een geluk met een partner die niet alleen bij hem wilde blijven, maar ook kinderen met hem wilde. Kinderen die ze samen zouden opvoeden. De spanning die hij voelde over het benaderen van het nest van zijn broer ging gepaard met een verlangen om het nieuws van zijn gelukkige verbintenis te delen. Wie had gedacht dat een mens zo'n perfecte partner zou zijn?

Hij sloeg met zijn staart en droeg hen naar het nest van Rubac. Hopelijk zou de nacht Brianna's nabijheid verhullen terwijl hij met zijn broer praatte. Een dwaas deel van hem hoopte dat hij ermee weg kon komen zonder dat Rubac ooit zou weten dat de locatie van zijn nest was onthuld. Een ander deel hoopte dat zijn broer het zou merken en zijn partner zou willen ontmoeten. Hij had zich altijd afgevraagd hoe een meerman zo zwak kon zijn om een partner mee te nemen naar andere meermannen, maar nu begreep hij deels de drang om je levenspartner aan je broers voor te stellen.

Brianna klemde zich vast aan zijn schouders, haar gedachten verdoofd door uitputting. De adrenaline hield hem in beweging. Hij stuurde sonische signalen vooruit om zijn weg te vinden. Een meerman was nooit blind zolang er herkenningspunten voor echolocatie waren. Een gevaar van de wilde diepten was de enorme watervlakte zonder fysieke punten om zich op te oriënteren, behalve de stroming. Hij bad dat zijn broer de antwoorden had die ze nodig hadden, want een tocht naar de wilde diepten was ondenkbaar met Brianna in zijn kielzog.

Hij bereikte de dichte muur van kelp rond het nest van Rubac en maakte Brianna's armen los van zijn nek. Terwijl hij haar handen naar een ruwe steen vol zeepokken leidde, dacht hij, *Blijf precies hier. Ik ben vlak aan de andere kant van deze kelp. Als ik je het nest binnen moet halen, maak dan met niemand oogcontact. Reageer nergens op. En wat het belangrijkste is, maak geen enkel fysiek contact. Je hebt gezien wat er met Ebby gebeurde. Doe alsof je onzichtbaar bent, oké?*

Ze knikte in de duisternis, wat hij voelde als een lichte rimpeling in het water.

Hij streek met zijn knokkels over haar wang en raakte toen haar lippen aan met de zijne. Ze was te mooi om ooit onzichtbaar te kunnen zijn, maar zijn broer was al aan een partner gebonden en zou immuun moeten zijn voor de meeste vrouwelijke charmes. De gedachte aan haar charmes deed een vuur onderin zijn buik ontbranden en hij moest zijn verlangen beteugelen. Dit was niet de tijd of de plaats.

Hij keerde zich van haar af en duwde de dichtgeweven kelp opzij. Normaal gesproken zou hij zich hebben aangekondigd voordat hij naar binnen ging, maar hij wilde Rubacs sonische begroeting voor zijn. Als Zantu eenmaal binnen was, zou Rubacs kortere signaal hopelijk de aanwezigheid van Brianna daarbuiten niet registreren.

Hij ging voorbij de kelp en naderde de hoop sponzen waar Rubac normaal gesproken op rustte. Hij kende de indeling van eerdere bezoeken en bewoog vol vertrouwen tot op een armlengte van het bed. 'Rubac, ik ben het, Zantu.'

Geen antwoord. Zelfs niet het ritselen van water tegen een vin als Rubac of Ebby zich verplaatste.

'Rubac? Ebby?'

De open plek bleef stil. Hij zond nog een sonisch signaal en las de echo. Er was niemand thuis. Hij stuurde een luider signaal om de andere objecten in het nest te controleren. Ebbys speelgoed lag precies waar het kind het altijd achterliet en de hoop zeesponzen was onberoerd. Niets leek op een ongewone plek te liggen.

Zantus hartslag versnelde tot die in zijn oren bonsde. Er klopte iets niet. Hij keerde terug naar de plek waar hij Brianna had achtergelaten en was opgelucht dat ze daar nog precies was. *Er is niemand thuis.*

Waar denk je dat hij heen is?

Hij wreef met een hand door zijn haar. Hij kon alleen maar aannemen dat Rubac het lichaampje van de baby had meegenomen om het bij te zetten in het rif aan de rand van de wilde diepten. Waarom zijn broer had besloten dat bij het vallen van de avond te doen, was een raadsel. *Waarschijnlijk is hij naar de begrafenis van de baby.*

O. Haar gedachten werden duister, haar eigen verlies een scherpe achtergrond vol littekens. *Zou jij daar niet ook bij moeten zijn?*

Haar bezorgdheid voor zijn broer, ondanks haar eigen mentale staat, raakte hem. *Begrafenissen zijn zeldzaam en zeer privé als ze plaatsvinden. De meeste mervolkeren sterven in afzondering en worden pas ontdekt als hun botten al over de zee verspreid liggen.*

Wanneer een geliefde het lichaam vindt, wordt het naar de rand van het rif gebracht en in een spleet gelegd.

De gedachte aan Rubac aan de rand van het rif, waar de kelp ophield en de wilde diepten begonnen, maakte Zantu nerveus. Vooral 's nachts, wanneer grote roofdieren naar boven kwamen om te jagen. Ebby zou Rubacs tempo niet kunnen bijhouden. Het kind zou moeten rusten. Maar slapen zou onmogelijk zijn met de stroming die voortdurend naar de diepten stroomde.

Hij stuurde een langeafstandsoproep door de kelp. Een gefladder van nachtelijke juffertjesvissen, maar verder niets. Het woud voelde te stil aan. Hij vond het maar niets om buiten de bescherming van een nest te zijn. *We wachten binnen. Ik vermoed dat hij 's ochtends terug zal zijn.*

Zal hij niet kwaad zijn als hij ons hier vindt?

Waarschijnlijk wel. Maar ik neem geen risico door met jou buiten te slapen. Hij duwde het kelpgordijn opzij en trok haar erdoorheen. De stroming binnen in het nest was veel zwakker en hij ontspande zijn grip om haar middel. *Wil je op het bed rusten of drijf je liever?*

Haar vingers klemden zich steviger om zijn onderarm. *Ik zie geen hand voor ogen.*

De uitputting van de dag leek in één keer op hem neer te vallen en hem te verzwaren als een fles die was volgelopen met zeewater. Hij had het plankton kunnen aanroepen om de plek te verlichten, maar het leek makkelijker om simpelweg de knoop door te hakken. *Ik denk dat we vannacht op het bed rusten.*

Hij droeg haar naar de pluk zeesponzen en ontspande zich, waarbij hij toeliet dat hun gezamenlijke gewicht hen in het verende oppervlak deed wegzakken. Brianna draaide zich om en nestelde zich in zijn omhelzing; haar slaperige gedachten zaten vol tevredenheid, wat hem in slaap wiegde.

Hij mompelde een slaapliedje in haar haar, 'Je bent mijn gezonken schat.'

Ze zuchtte en kroop dichter tegen hem aan. Het zachte kabbelen van het water over zijn huid verzachtte zijn vermoeide spieren en hij viel in een diepe slaap.

HOOFDSTUK 9

Brianna knipperde haar ogen open in de duisternis, maar dit keer zonder verwarring of angst. Een vissenkoor speelde in de vroege ochtend een rustgevende achtergrondmelodie, en ze nestelde zich dichter tegen Zantu's warme omhelzing aan. Ze was opgetogen toen ze zijn ochtenderectie tegen haar billen voelde drukken. Zijn geest was nog leeg van de slaap en zijn lichaam was van haar om te verkennen, dus bracht ze langzaam een hand achter zich en zocht de kloppende schacht die haar had gewekt.

Verborgen in zijn voorhuid reageerde zijn lul op de aanmoediging van haar hand. Hij bewoog zijn heupen naar haar toe, maar werd niet wakker.

Terwijl ze haar geest doelbewust leeghield om hem niet te wekken, sloot ze haar vingers om zijn hete schacht en drukte haar duim over de kleine spleet aan de top. Haar kutje trok samen van verlangen terwijl ze zich zijn lul in haar voorstelde. Ze zocht lager en vond zijn testikels, die zich onder de huid schuilhielden. Ze masseerde de malse zak en rolde de bollen tussen haar vingers.

Zantu drukte zijn heupen harder tegen haar aan en klemde haar vast in zijn armen, niet hard genoeg om haar pijn te doen, maar genoeg om haar te immobiliseren. Een laag gegrom steeg op uit zijn keel bij haar oor. *Goedemorgen, mijn kleine engelvis. Of moet ik duivelsvis zeggen?*

De trilling stuurde rillingen diep door haar heen en wekte een hunkering die gestild moest worden.

Zijn hand zocht de hare die nog steeds om zijn lul gevouwen zat en moedigde haar aan om te knijpen en zijn schacht naar beneden te duwen. De punt streelde haar kont en ze wreef zich eroverheen. *Diepten, vrouw. We liggen op het bed van mijn broer.*

En?

Hij liet haar hoger langs zijn lichaam glijden tot haar opening precies boven zijn lul was gepositioneerd, terwijl de eikel haar schaamlippen plaagde. Zijn beide handen vonden haar borsten en zijn vingertoppen knepen in haar tepels tot ze hard werden.

Ze boog haar rug en stootte haar heupen tegen hem aan om hem in zich op te nemen, maar hij hield tegen en hield de verleidelijke top net bij de opening. Hij zond uit, *Ik wil je lippen kussen.*

Ze wilde zich omdraaien, maar hij hield haar met haar rug naar hem toe.

Niet die lippen. Hij tilde haar verder omhoog langs zijn borst, huid glijdend over huid, terwijl zijn sterke handen haar bij haar heupen stuurden. Zijn kin raakte haar ruggengraat, waardoor haar rug tintelde. Toen hij de bovenkant van haar billen bereikte, voelde ze zijn tong de bovenrand van haar bilspleet strelen. Zijn beide handen omklemden haar billen en spreidden ze wijd open. Eén duim kroop naar binnen om cirkeltjes rond haar anus te draaien. Ze spande zich aan, snakkend naar meer, wat zijn bedoeling ook was.

Terwijl zijn duim met zachte druk masseerde, gleed hij met zijn gezicht lager. Ze hapte naar adem toen hij zijn mond tussen haar benen duwde. Zijn tong gleed langs haar trillende plooien en eindigde bij het kloppende knopje van haar clitoris. De druk van zijn mond stuurde vlagen van genot diep in haar buik.

Op een gegeven moment waren ze boven het bed gaan zweven en nu dreven ze vrij in het water. Ze spartelde en zocht naar iets om vast te houden, iets om haar houvast te geven terwijl hij het gevoelige knopje vlees bewerkte met zijn tong en tanden.

Houd je borsten vast, beval hij. *Knijp erin voor mij.*

Ze omklemde haar eigen vlees en kneep erin tot de elektrische schokken van zijn mond samensmolten met die in haar tepels.

Zijn mond bedekte haar kutje en zijn tong omcirkelde elke spleet voordat hij diep in haar drong. Ze boog haar rug, smachtend naar meer. *Ik heb je nodig,* dacht ze.

En toen begon hij te zingen.

De diepe trillingen drongen door tot in haar botten en vulden haar net zo zeker alsof hij haar aan het neuken was. De sensatie nam enorme proporties aan en eiste een ontlading, en toch verlangde ze ernaar dat het moment eeuwig zou duren. Elke spier spande zich aan, niet in staat om aan zijn lied te ontsnappen. Het dreunende, kloppende ritme bewerkte haar diepste kern tot de climax over haar heen rolde in een enorme, schokkende ontlading.

Met één doelbewuste beweging trok Zantu haar naar beneden en zijn lul nestelde zich diep in haar plooien.

Ze kreunde en steeg via een nieuwe golf naar een hoogtepunt. Zijn handen op haar heupen hielden haar stevig tegen hem aan terwijl zijn lichaam krachtig wiegde. Ze spreidde haar dijen wijder en sloeg haar kuiten om hem heen, jagend om hem dieper te ontvangen. Ze wilde dat zijn lul haar ziel zou raken. Om hem zo diep te laten klaarkomen dat hij voor altijd met haar zou versmelten.

Een snik ontsnapte hem terwijl hij haar stevig vasthield en zijn zaad diep in haar spoot.

Zantu schrok wakker van het vroege, roze zonlicht dat door de kelpbladeren boven het nest weerkaatste. Hij was bijna onmiddellijk na het vrijen in slaap gevallen terwijl hij zijn partner als een kostbare parel in zijn armen hield. Zich afvragend wat hem gewekt had, liet hij haar voorzichtig los en gleed uit het sponsbed. Rubac zou 's nachts een schuilplaats hebben gezocht, maar met het ochtendlicht kon hij elk moment terugkeren. Zantu hoopte dat zijn broer er nooit achter zou komen dat ze in zijn nest de liefde hadden bedreven, maar zelfs als dat wel zo was, was dat moment met Brianna het waard geweest.

Het gebruikelijke gezang van de vissen sijpelde door het water; er leek niets aan de hand. Hij wilde geen sonisch signaal naar Rubac sturen uit angst Brianna te wekken, dus besloot hij in plaats daarvan het ontbijt te verzamelen. De overbegraasde zeewiertuinen zouden weinig bieden voor een maaltijd, maar Zantu wilde niet dat zijn engelvis de dag met honger begon.

Rubac maakte niet veel gebruik van menselijke voorwerpen en Zantu moest tussen het speelgoed van Ebby zoeken om een prachtige schaal met een kobaltblauwe rand te vinden. Hij nam de schaal mee naar de buitenranden van de tuin en zocht naar eetbare bladeren en peulen, waarbij hij de nieuwste zaailingen liet staan voor toekomstige maaltijden. De tuin was er nog slechter aan toe dan hij aanvankelijk had gedacht. Hoe lang had Rubac hier liggen rouwen en arme Ebby alleen naar voedsel laten zoeken?

Hij besloot een korte patrouille rond het buitenste nest te maken, zowel voor voedsel als om te kijken of er iets verontrustends was. Misschien zou hij een aanwijzing vinden over waar Rubac en Ebby naartoe waren gegaan. Hoezeer hij zichzelf ook voorhield dat alles waarschijnlijk wel goed was, de gemoedstoestand van zijn broer was niet bepaald stabiel toen Zantu hem had achtergelaten.

Buiten het nest danste en schitterde het zonlicht over de bodem van het woud terwijl de stroming de bladeren boven hen heen en weer wiegde. Een nabijgelegen garibaldi liet een reeks tonen horen die klonken als regen op het wateroppervlak. Verderop klapperde een murene met zijn tanden voordat hij zich in zijn hol terugtrok. Zantu vond een klein plukje roodwier en boog zich voorover om de takjes te plukken.

Iets raakte zijn rugvin aan. Hij draaide zich om en zag een kleine gele señorita-vis naar hem kijken, zijn kleine mondje tuitend alsof hij iets te zeggen had. 'Wat is er, kleintje?'

'Sorry, broeder,' reciteerde het visje—señorita-vissen waren uitstekend in het nazingen van een lied. 'Verheffing riep. Sorry, broeder. Verheffing riep.'

Zantu staarde hem geschokt aan. Was zijn broer toch naar de wilde diepten gegaan? En hoe zat het met Ebby? Diepten. Hij moest het zeekind hebben meegenomen. De vis was achtergelaten als boodschapper voor Zantu voor het geval Rubac niet zou terugkeren. De vis schoot de kelp in; zijn taak zat erop.

Zantu liet de schaal vallen en haastte zich terug naar het nest van Rubac. Brianna rolde zich om bij zijn aankomst en rekte zich loom uit, iets wat hij nu niet kon waarderen. *Ik moet achter mijn broer aan. Hij heeft Ebby meegenomen naar de diepten.*

Waarom? Ze ging rechtop zitten om hem aan te kijken.

Er is een mythe, een soort begrafenis die een Verheffing wordt genoemd, en die een ziel kan bevrijden uit de cyclus van de zee. Het kan alleen in de wilde diepten worden gedaan met de hulp van een oude blauwe vinvis. Hij ging naar haar toe en nam haar in zijn armen. Hij besefte dat hij haar nooit over de diepten had verteld, maar haar er alleen voor had willen beschermen. *De diepten liggen voorbij het kelpwoud, waar de haaien, inktvissen en andere roofdieren leven. Er zijn geen herkenningspunten om op te navigeren, alleen de kracht van de stroming, die zelfs het uithoudingsvermogen van een meerman op de proef kan stellen. Ik kan je daar niet mee naartoe nemen. En ik kan je hier niet achterlaten.*

Ze greep zijn armen vast en duwde hem van zich af. *Wat de hel probeer je te suggereren?*

Het drong tot hem door dat hij suggereerde haar te laten gaan. Haar vrij te laten.

O nee, dat dacht je niet. We zijn partners, weet je nog? Wat we ook doen, we doen het samen. Bovendien ligt het land in de tegenovergestelde richting en je hebt geen tijd te dralen. Ik ga met je mee. Geef me alleen een mes of zoiets om die roofdieren van me af te slaan.

De vastberadenheid in haar gedachten overspoelde hem bijna. Hij had geprobeerd te geloven dat ze bij hem wilde zijn, maar een deel van hem had erop gewacht dat ze zou bewijzen dat ze loog. Dat ze, net als elke zeemeermin, hem zou verlaten zonder om te kijken. Maar op dit moment was ze door het speelgoed van Ebby aan het graven, op zoek naar een wapen. Van plan om hem te vergezellen op een reis die hun beiden het leven zou kunnen kosten.

Elk voorbehoud dat hij nog over haar had, verdween als sneeuw voor de zon.

Toch loste die wetenschap het probleem niet op.

Hij zocht tussen de kleine beeldjes, sieraden en andere mythische artefacten van Rubac, maar kon niets vinden dat als wapen kon dienen. Hij keek op en zag Brianna zwaaien met een lange stok met een net eraan dat breder was dan zijn schouders. *Ik kan dit gebruiken om dingen weg te duwen of ze erin verstrikt te laten raken.*

Ondanks de angst die zijn binnenste verkrampte, glimlachte hij. *Mijn woeste kleine engelvis.*

HOOFDSTUK 10

Zantu klemde Brianna stevig tegen zijn borst en verliet het kelpwoud. Ze zwommen al uren in de richting van de grote kloof, waar roofdieren op andere roofdieren joegen, vaak puur voor het plezier. Het plotselinge gebrek aan begroeiing, gecombineerd met de onmiddellijke afgrond in het niets, zorgde er altijd voor dat zijn maag zich omdraaide. Zijn meest recente tocht naar de diepten was toen hij een spoor van containers volgde die tijdens de laatste herfststorm overboord waren geslagen. Destijds was hij een verleidster met ravenzwart haar tegengekomen die in het gebied ronddwaalde, en was hij bijna zijn vrijheid verloren. Nu riskeerde hij iets wat veel kostbaarder was.

Hij stuurde een sonisch signaal uit om de donkere wateren te verkennen. De zang zou hem niet alleen via de echo informatie geven over wat er voor hem lag, maar zou ook elke hersenloze, jagende inktvis afschrikken. Haaien en walvissen waren een ander verhaal—veel lastiger te dwingen—maar daar zou hij mee afrekenen als het erop aankwam.

Hoe gaan we ze vinden? vroeg Brianna.

Hij wees naar een donkere wolk krill die het melkachtige licht onderbrak dat vanaf het oppervlak naar beneden scheen. *Zie je die krillwolk? Daarnaar zoeken we. Walvissen volgen krill en Rubac zoekt walvissen.*

Hij stootte een korte zangreeks uit, op zoek naar de gigantische dieren. Niets.

Ik zie helemaal niets. De trilling in haar gedachte weerspiegelde zijn eigen nerveuze angst.

Er is ook niets te zien. De walvissen hebben deze zwerm nog niet gevonden. We zoeken verder.

Hij zette door, steeds verder weg van de veiligheid van het kelpwoud, het steeds diepere water in. De echte wilde diepten begonnen pas over een kwart zeemijl, waar de koudere stromingen uit het noorden samenkwamen en onder de stroming van het kelprif doken. Hij was daar eonen geleden geweest, toen hij en Rubac zich voor het eerst buiten het nest van hun vader waagden. Ze hadden daar hun eerste gezonken schip gevonden, en Rubac had daar kennisgemaakt met de intelligente walvissen die de mythen van de zee bewaarden.

'Krijg de pest, Rubac,' mompelde hij in zijn gezang. Zou Ebby die koude diepten wel kunnen overleven? En wat met Brianna?

Een drumslag bereikte hem van ver voor hen uit. Daarna klonk er een laag gekreun dat in toonhoogte daalde door het water.

Brianna's vingers boorden zich in zijn schouder. *Wat is dat?*

Hij gaf haar een kort, geruststellend knijpje, terwijl zijn eigen polsslag luid in zijn oren dreunde. *Blauwe vinvissen.*

Een waarschuwend dreuntje sloeg tegen het water toen de walvis hun aanwezigheid opmerkte. 'Ga je spelletjes maar in een andere vijver spelen,' waarschuwde de logge stem van de walvis. 'Je hebt voor één nacht al genoeg problemen veroorzaakt.'

Zantu vertraagde. 'Ik ben hier niet voor spelletjes. Ik zoek mijn broer en zijn kind. Hebt u ze gezien?'

Een donkere gedaante bewoog zich tussen hen en het oppervlak. Zantu sloeg met zijn staart om te voorkomen dat hij door de zuiging naar beneden werd gedrukt.

'Ah, meerman,' raspte de walvis, terwijl zijn met zeepokken bedekte lichaam zich eindeloos in de duisternis uitstrekte. 'Ik dacht dat je een meermin was. Jullie vrouwtjes hebben er genoegen in geschept de nabijgelegen haaien tot razernij te drijven.'

Zantu weerstond de drang om de omgeving met een sonisch signaal te verkennen. Haaien waren al erg genoeg, maar nu moest hij ook nog uitkijken voor meerminnen. 'Hebt u een andere man gezien? Hij zou u gevraagd hebben om te helpen met een stijging.'

Het trommelende geluid kwam weer dichterbij, en een enorme bek, wijd open alsof hij hen in hun geheel wilde opslokken, verscheen. 'Een stijging? Wat vreemd.' De bek gleed langs hen heen en onthulde de zwarte bol van een oog, een donkere maan als tegenhanger van de bleke zon die zich boven het wateroppervlak aftekende.

Brianna bleef verrassend kalm tijdens de inspectie. Opgewonden maar niet bang; ze durfde zelfs haar hand uit te steken om de met littekens bedekte huid van de walvis aan te raken. *Kun je hem verstaan?*

Het oog observeerde hen terwijl de stem bleef kreunen door het water. 'Wat is dit? Een mens?'

Met trillende zenuwen zette Zantu zijn borst op en liet hij zijn zang tot een krachtig volume aanzwellen. Hij wilde dat er geen twijfel over bestond hoe ver hij zou gaan om de mens aan zijn zijde te beschermen. 'Mijn partner.'

De walvis knipperde en leek te zuchten. 'Ik heb in geen honderd jaar een mens met een partner gezien. U hebt nog veel te leren. Maar nu,' zong de walvis op een zware toon, passend bij een begrafenis, 'geloof ik dat ik je broer hoor.'

In de verte kon Zantu ternauwernood de bekende tonen van de sonische roep van zijn broer waarnemen. De walvis antwoordde met een gekreun dat de hele oceaan leek te doen schudden en dreef weg om meer krill naar binnen te schrokken.

'Rubac!' riep Zantu, terwijl hij koers zette om hem te onderscheppen.

Heb je hem gevonden? Brianna klemde zich met één hand aan hem vast en hield met de andere de stok met het net vast, terwijl ze moeite deed om het niet door de weerstand van het water te verliezen.

Voor ons.

Ze lieten de walvis achter zich, terwijl Zantu verwoed signalen uitzond om Rubacs locatie te bepalen. De zang van zijn broer was gestopt, maar de hogere, onzekerdere klanken van Ebby's gezang werden luider. 'Oom Zantu!'

Zantu zwom sneller, aangetrokken door de stem van Ebby. Uiteindelijk zag hij de gedaante van Rubac.

Naast de onmiskenbare vormen van een meermin.

Zantu hield abrupt in. *De walvis zei al dat er een meermin in de buurt was.*

O, shit. Brianna zwaaide haar net voor zich uit en keek om zich heen. *Ik zie nog steeds niets.*

Ik zie Ebby niet. Een sonartrilling weerklonk aan zijn linkerkant, vergezeld door de tonen van een visharp. Hij draaide zich om, maar zag alleen nog de verdwijnende flits van een indigoblauwe staart. *Diepte. Er is er meer dan één.*

Hij draaide zich weer naar Rubac en stoof vooruit, in de hoop in elk geval veiligheid te vinden door bij elkaar te blijven. De meermin die zijn broer aan het tarten was, had geel haar en een gouden staart. Didra.

'Oh, je bent naar ons feestje gekomen!' kweelde ze, terwijl ze in haar handen klapte. 'Rubac is zo'n saaierd.'

'Waar is Ebby?' schreeuwde Zantu. Tot zijn opluchting verscheen de kleine gedaante door het van krill vergeven water. Het kind bleef op afstand, ontweek de meerminnen en keek toe.

Een duet achter hem deed hem net op tijd omdraaien om Brianna buiten het bereik van een meermin met ravenzwart haar te trekken. Haar donkere staart ving het licht terwijl ze voorbijglipte, eerst iriserend groen en dan wervelend violet. Er ontbrak een stuk aan haar staartvin; de grillige rand was getekend door oud littekenweefsel. Ze koerde, 'Ik heb over je gehoord, Zantu.'

Haar partner was een bekende, wiens behendige

vingers aan de snaren van een visharp plukten. 'Loia.'

Ze lachte terwijl haar begeleidende sluier van vissen trilde om haar heen en meedeinde met het ritme van haar harp. 'Ik heb u gewaarschuwd dat een mens geen geschikte partner is voor een meerman. Zéker niet voor een grote, sterke meerman als u. Ze zal onze spelletjes nooit kunnen bijhouden.'

Brianna's knokkels waren wit rond de stok van het net, elke spier in haar lichaam was gespannen. *Wat zegt ze?*

Dreigementen. Achter zich hoorde hij het zachte geruis van huid tegen water toen Didra van positie veranderde. Zijn broer bleef griezelig stil, zijn ogen halfgesloten, zijn staartvin slap. Er was geen teken van het doodgeboren kind. 'Rubac? Gaat het?'

Geen antwoord.

De ravenzwarte meermin schoot van onderen omhoog en wreef haar scharlakenrode tepels langs Zantu's lichaam. Brianna deinsde terug, boog weg van het contact en bracht hem uit zijn evenwicht, maar hij greep haar vast en trok haar stevig tegen zich aan.

Op een armlengte afstand maakte de meermin een achterwaartse salto om hen weer aan te kijken en rolde een klein pijltje tussen haar vingers. Onmiddellijk wist Zantu wat er mis was met Rubac. Liefdesgif.

De stem van de meermin klonk met bedrieglijke speelsheid, haar gehavende staart wapperde met een betoverende glans. 'Ik vraag me af wat er zou gebeuren als ik dit op haar zou gebruiken?'

Hij zette zijn borst op. 'Ik vermoord je als je haar aanraakt.'

Brianna's gedachten tolden als een waterhoos, haar aandacht flitste van de ene meermin naar de andere. Ze stak het net in de richting van Loia. *We zijn omsingeld.*

Vingertoppen kietelden de punten van zijn rugvin, wat een rilling door zijn bloed joeg toen Loia's zwoele melodie van verlangen begon. 'O, nu gaan we pas echt plezier beleven.'

Hij draaide zich om om de hand weg te slaan. Loia's sluier van vissen omsloot hen. Hij verzamelde zijn sonische kracht en stootte een schokgolf uit waardoor ze uiteenstoven. De geur van bloed vulde het water—Brianna's bloed. Hij moest haar hier weghalen. Ebby hier weghalen. Snel. Zijn broer… zijn broer moest zichzelf maar zien te redden. Hij spande de spieren in zijn staart en schoot naar voren tussen Rubac en zijn partner. 'Ebby, zwem naar huis!'

Iets beet in zijn zij. Even dacht hij dat het een van Loia's vissen was. Hij wreef met een hand over de plek om het weg te vegen en ontdekte het pijltje dat daar vastzat. Diepte. Hij was geraakt door het gif. Hij trok het los en bleef doorzwemmen, terwijl hij Ebby's kleine gestalte die hem op enkele meters afstand bijhield, nauwelijks nog registreerde. De mist van het gif nam hem al over. Zijn spieren deden pijn terwijl hij probeerde ze tot overwerk te dwingen. Hij moest zijn partner in veiligheid brengen. De greep die hij op Brianna had, verslapte; haar huid schuurde langs zijn zij voordat hij haar weer vastgreep.

Ze klemde zich pijnlijk vast aan zijn nek, haar voeten trappelden in een deerniswekkende poging om hen te helpen zwemmen. *Zantu, wat is er mis?*

Ze heeft me geraakt met liefdesgif. Straks ben ik verlamd. Hij wist niet wat hij moest doen. Zijn blik speurde de lege watervlakte af naar iets, ergens waar hij Brianna kon verbergen. Zijn greep verslapte opnieuw en hij merkte dat zijn staart vruchteloos tegen de stroming in trok.

'Oom Zantu, hoe zit het met papa?'

Verdomme, Ebby liep hier ook gevaar. Niet van de meerminnen—Didra zou niet toestaan dat de anderen haar eigen vlees en bloed iets aandeden. Maar ze zou er ook niet voor zorgen dat Ebby veilig terugkwam in een nest. Ebby zou aan haar lot worden overgelaten. 'Met hem komt het goed.' Hij bad dat hij niet loog. 'Ik word straks verlamd, net als hij. Je moet terug naar het kelpwoud. Neem Brianna mee.'

'Ik weet de weg niet.'

Hij opende zijn mond om het kind te vertellen hoe ze er moesten komen, maar zijn stem was bezweken onder de effecten van het gif. Zijn arm weigerde nu Brianna nog langer vast te houden en zij klemde zich aan hem vast alsof hij een stuk dood koraal was.

Zantu?

Je moet Ebby laten zien hoe ze naar huis moet komen. In ieder geval werkte hun mentale verbinding nog.

Hoe? Ik weet de weg niet en ik kan het Ebby niet vertellen, zelfs als ik het wel wist.

Houd de stroming aan de rechterkant en voor je. Blijf uit de koude laag—die zuigt je heel snel naar de bodem. Als die je toch raakt, houd die dan strak rechts van je en zwem zo snel als je kunt omhoog. Ebby kwam in beeld kronkelen, turkooizen ogen vol verwarring en angst. Hij hoopte maar dat het zeekind Brianna zou vertrouwen.

Het gelach van de meerminnen klonk naar hem toe als hagel tegen het oppervlak.

Kus me, dacht hij.

Wat?

Je moet nu loslaten en ik wil dat onze ademspreuk vers is. De gedachte dat ze zou verdrinken was bijna net zo verlammend als het gif. Hij kon alleen maar hopen dat ze het oppervlak zou bereiken voordat de betovering uitgewerkt was.

Nee! Ze verscheuren je! De angst die door haar geest klauwde was sterker dan toen ze vastzat in de kelp.

Als je het niet doet, gaan zowel jij als Ebby dood.

Brianna's blik flitste naar het zeekind en daarna vertrok haar mooie gezicht van verdriet. *Ik wil je niet achterlaten.*

Ik weet het. Hij probeerde zijn gedachten kalm te maken. Om haar gerust te stellen. *Maar je moet wel. Je moet het kind redden.*

Brianna beet op haar lippen en knikte toen. Verdriet kleurde haar prachtige groene ogen rood. Ze nam zijn gezicht tussen haar handen en drukte haar zachte lippen tegen de zijne. *Ik houd van je.*

Het gif ontnam hem niet het vermogen om te voelen, alleen om te bewegen, en hij was in dit geval dankbaar dat hij nog een laatste herinnering aan haar had. *En ik houd van jou, mijn engelvisje. Zwem nu. Ga terug naar de kust als je kunt.*

Ze liet hem los en draaide zich naar het zeekind. Ebby's staart flitste met verontrustende kleuren, niet in staat om één camouflagekleur aan te nemen. De aandacht van het kind flitste naar Brianna en dan weer terug naar Zantu. 'Ik zal voor haar zorgen, oom Zantu.'

Ebby stak een klein handje met zwemvliezen uit en pakte dat van Brianna vast, om haar mee te trekken de donkere wateren in.

Brianna greep Ebby's hand vast en trappelde met haar benen om hen te helpen vooruit te komen. De gezangen van de meerminnen galmden door het water, in een poging haar terug te lokken. Ze vroeg zich af of Ebby de aantrekkingskracht ook voelde, of dat zeekinderen—omdat ze geslachtloos waren—immuun waren. De mogelijke biologische reden voor de androgynie van een zeekind leek op dat moment heel logisch.

De zuigkracht van het gezang verdubbelde haar onwil om Zantu achter te laten en dwong haar elk greintje wilskracht te gebruiken om zich verder te verwijderen. Als het zeekind er niet was geweest, was ze aan de zijde van haar partner gebleven en had ze elke moordzuchtige meermin bevochten met alle kracht die ze nog in haar lichaam had. Ze bad dat hij een manier zou vinden om te ontsnappen. Om haar weer te vinden. Hij was sterker dan elke man die ze ooit had ontmoet.

Ebby sleepte haar mee en gebruikte de stroming om hun vaart te bevorderen. Nu was het tijd om ertegenin te gaan. Om terug te gaan naar de kelpbedden. Brianna trok aan de hand van het kind en wees met haar vrije hand in de verte, terwijl ze de stroming iets rechts van zich hield, zoals Zantu had gevraagd.

Ebby's wenkbrauwen gingen omhoog bij Brianna's non-verbale instructie. Het zeekind knipperde twee keer, knikte toen en veranderde van richting.

Brianna liet een zucht bellen ontsnappen, dankbaar dat het kind niet ging tegenstribbelen. Zantu's laatste wens was geweest dat Ebby veiligheid zou bereiken en Brianna zou er alles aan doen om dat te bewerkstelligen, zelfs als ze daarbij zou verdrinken. Ze zwom met alle uithoudingsvermogen dat ze kon opbrengen. Maar de uitputting begon al toe te slaan. De weerstand van het net was groter dan ze eerder had beseft, misschien omdat ze nu tegen de stroom in gingen in plaats van met de stroom mee. De arme kleine Ebby kronkelde verwoed, maar het voelde niet alsof ze veel vooruitgang boekten.

Een kramp schoot in haar rechterkuit en ze boog dubbel, terwijl ze onhandig probeerde de plek te masseren zonder het net los te laten. Uit de kleine tandafdrukken die de zwerm meerminnen had achtergelaten, sijpelde nog steeds bloed.

Slikkend speurde Brianna de omringende wateren af. Had Zantu niet iets gezegd over roofdieren? Ooit had ze een natuurprogramma gezien over reuzeninktvissen, met groen-zwarte beelden van een wezen ter grootte van een mens dat zich vastzoog aan het vizier van een duiker. Het geschraap en gekraak van de snavel die in het plastic beet, galmde nog steeds na in haar geheugen. Zantu had zijn zang gebruikt om te controleren op roofdieren, maar Ebby bewoog zich geruisloos door het water. Brianna hoopte maar dat dat een andere overlevingstruc was, net als de androgynie die hen immuun maakte voor de gezangen van meerminnen.

Boven haar leek de bol van de zon zwakker te worden en het water voelde beduidend koeler aan tegen haar huid. Ze oriënteerde zich opnieuw op het oppervlak en hield het net als een boeg voor zich uit. Haar been dreigde opnieuw te verkrampen, maar ze bleef trappelen tot Ebby het merkte en van richting veranderde. De neerwaartse zuiging was nog meedogenlozer dan de uitgaande stroming en het leek een eeuwigheid te duren voordat een plotselinge vlaag warmer water Brianna een extra stoot energie gaf. Ze zwom als een bezetene naar de zon toe.

Plotseling verstijfde Ebby en draaide zich om om achter hen te kijken. Een trilling trok door hun verbonden handen en Brianna tuurde met toegeknepen ogen in het donker. Schaduwen. Bewegende schaduwen. Hadden de meerminnen hen gevonden? De scherpe bocht van een rugvin sneed door het water.

Haaien.

Serieus? Haaien? Ze had het gevoel dat ze een rol speelde in de slechtste horrorfilm ooit. Ze klemde het net steviger vast, terwijl ze besefte hoe dwaas en nutteloos dat ding eigenlijk was.

De wezens bewogen zich soepel naar haar toe, hun bekken vol tanden open om het water te proeven. Een grote haai zwom voorop. Toen een kleinere haai langszij kwam, schoot de reus opzij om ernaar te bijten. Een andere middelgrote haai passeerde het gevecht, vastbesloten zijn prooi aan te vallen.

Voor de eerste keer liet Ebby een breed sonisch signaal horen. Het was lang niet zo imponerend als de donderende stem van Zantu, maar het had toch een zeker effect. De haaien weken uit, op de grootste na. Het monster leek alleen maar blij te zijn dat het van de concurrentie verlost was.

Brianna liet de hand van het kind los. Ze probeerde zich los te rukken zodat Ebby kon ontsnappen, maar het zeekind liet haar niet gaan. In plaats daarvan schudde Ebby afwijzend haar hoofd. Had de kleine een plan?

De bek van de haai vormde een cirkel van dodelijke tanden. Brianna richtte het net op hem, in de hoop hem in elk geval op afstand te houden. De haai was wendbaarder en intelligenter dan ze had gedacht; hij duwde het net opzij zodat hij langs de stok kon glijden. Op het laatste moment trok Ebby Brianna weg. De schuurpapierachtige flank van het beest schampte Brianna's voet en liet een brandende striem achter.

Ebby draaide zich om, haar staartje sloeg woest door het water, en stootte nog een zangstoot uit. De haai negeerde het en cirkelde terug. De greep van het zeekind op Brianna werd steviger; ze trilde over haar hele lichaam. Brianna realiseerde zich dat het kind geen partij was voor dit beest, hoe dapper ze ook was.

Ze verzamelde al haar kracht en rukte haar hand los uit die van het zeekind. Ze pakte haar net met beide handen vast en zwaaide het in een tergend langzame boog naar beneden, tussen haarzelf en de haai. Als ze het in de bek van het wezen kon klemmen, zou Ebby misschien kunnen vluchten.

Ebby schreeuwde het opnieuw uit en de haai schoot naar rechts.

Recht in de zak van het net.

Het wezen schoot vooruit met zijn kop in het net, en de ring bleef achter zijn rugvin haken. Brianna's hoofd sloeg achterover door de plotselinge snelheid en haar grip op de stok verslapte bijna. Het net leek het beest zowel boos als in de war te maken. Het kronkelde en tolde in een poging zichzelf te bevrijden. Brianna hield vast alsof ze een tijger bij de staart had.

Ebby schoot voor de neus van de haai uit en lokte hem mee. Het wezen trok vastberaden door, vertraagd door het gewicht van Brianna. Eerst dacht Brianna dat het zeekind de haai wilde gebruiken om naar huis te komen, maar in plaats daarvan draaide Ebby de stroming in.

Terug naar Zantu en de meerminnen.

De haai kronkelde woest in het net terwijl ze hem meesleurden, een levende storm achter zich aan.

Zantu sloot zijn ogen en probeerde de effecten van Loia's gezang te verdrijven. Haar handen streelden zijn borst en armen, terwijl haar eindeloze lied zijn lichaamsbouw prees en ongekende genoegens beloofde. Eén hand vond zijn schede en probeerde zijn roede tevoorschijn te lokken.

Toen voegde een tweede stem zich bij de hare in een strijd om de macht. Hij opende zijn ogen op een kier. De zeemeermin met het ravenzwarte haar deinde mee in het gefilterde licht en haar iriserende huid speelde met betoverende kleuren. Haar karmozijnrode tepels waren net zo spits als de pijl waarmee ze hem geraakt had. Haar genitale spleet gaapte suggestief open en hij voelde hoe zijn roede reageerde met een eigen wil.

Loia slaakte een kreet van protest en stuurde haar sluier van vissen op de nieuwkomer af.

De donkere zeemeermin krijste terug, 'Het was mijn pijl die hem velde!'

Het water kookte van het schuim en stukjes geslachte vis terwijl de twee in een fysiek gevecht verwikkeld raakten. De iriserende zeemeermin draaide om haar as en sloeg Loia met haar littekenachtige staartvin in het gezicht, waardoor ze begon te bloeden. Loia's hand vloog naar haar mond en ze deinsde achteruit, terwijl haar visharp uit het zicht zonk.

De donkere gleed soepel naar Zantu toe, met een roofzuchtige grijns op haar lippen.

Loia herstelde zich en schoot naar voren, met open mond om haar puntige tanden in de schouder van de ander te zetten.

En toen was er een gouden flits toen Didra langs het gevecht glipte om haar koraalbruine tepels tegen Zantu's borst te drukken. Haar lied in zijn oor was subtiel, zacht en heerlijk uitnodigend.

Zijn roede zwol op tegen haar genitale spleet. De hulpeloosheid door het liefdesgif klauwde aan zijn ziel. Brandde door zijn bloed. Razend tegen de onrechtvaardigheid van het ene geslacht dat zoveel macht over het andere bezat. Zijn nagels boorden zich in zijn handpalmen terwijl hij elk spiervezeltje dwong om tegen de belofte van genot te vechten.

Opnieuw een boze schreeuw, en Didra werd bij hem weggerukt. Flitsen van indigo-, gouden en iriserend zwarte vinnen vormden een bedwelmende dans. Het water werd troebel door visingewanden en bloed. Het woedende zeemeerminnengezang zwol aan terwijl elk van hen probeerde de ander te overtreffen; hun noten smolten samen tot één primordiale melodie van lust.

Zijn jagende hart bonsde in zijn hoofd, het tempo overstemde de muziek in het kolkende water. Hij balde zijn vuisten en concentreerde zich op het gevoel van zijn nagels die in zijn handpalmen sneden. Misschien was het gif aan het uitwerken. Als hij nu maar weg kon glippen, terwijl zij druk bezig waren elkaar te beconcurreren.

Uit het niets denderde er iets midden in de vechtpartij. Hij had nauwelijks tijd om de roofzuchtige vorm van een enorme haai te registreren—met een mens die erachteraan zweefde als een zuigvis…

Brianna? stuurde hij.

Er was te veel chaos om iets terug te voelen. Het troebele water kleurde rood van meer dan alleen vissenbloed en de kreten van de zeemeerminnen bevatten geen spoor van verleiding meer. *Brianna!* stuurde hij. Hij moest het zich verbeeld hebben. Hoe kon zij in hemelsnaam een haai onder controle houden? Zelfs onder de gunstigste omstandigheden kon een zeemeerminnenzang nauwelijks controle uitoefenen over de beesten, behalve door ze tegen elkaar op te hitsen. Brianna kon niet eens zingen.

Hij bewoog zijn staart en putte uit al zijn kracht om tegen het wegstervende gif te vechten en zijn mobiliteit terug te krijgen.

Een stem bereikte hem—niet via het water, maar in zijn gedachten. *Zantu!*

Brianna? Waar ben je? Ik zei toch dat je moest vluchten!

Uit de bloederige wolk verscheen een klein zeekind, gevolgd door een onhandig spartelende mens. Het gulzige gekraak van botten van binnenuit bevestigde dat de haai met iets anders bezig was.

Brianna's gedachte echode met koortsachtige energie. *We zijn hier om je te redden.*

'Waar is mijn vader?' riep Ebby.

Zantu kreeg per seconde meer kracht en draaide zich om naar de plek waar hij zich herinnerde Rubac te hebben achtergelaten. Ebby pakte zijn hand en begon hem en Brianna die kant op te trekken. Naarmate het gif uit zijn lichaam verdween, hielp hij het kind mee.

Hij stuurde een roep uit en kreeg antwoord van een zwakke versie van Rubacs vertrouwde lied. Ebby liet hen los en schoot naar voren. Zantu maakte van het moment gebruik om Brianna tegen zijn zij aan te trekken. *Je had niet terug moeten komen.*

Ze sloeg haar benen om hem heen en begroef haar gezicht in zijn nek. *Ik dacht dat ik je kwijt was.*

Hoe bij alle diepten heb je een haai weten te temmen?

Het enige wat ik deed was me vasthouden. Ebby is een dapper klein ding. Haar trillende lichaam vertelde hem een groter verhaal.

Hij omhelsde haar en genoot van de geur van haar haar en huid. In zijn verbeelding borrelden andere, waarschijnlijkere uitkomsten op. *Je hebt deze keer geluk gehad.*

Rubac verscheen door het wazige water, zijn staartbewegingen nog steeds ongecoördineerd door de effecten van het gif. Ebby hield zijn hand vast en wees de weg.

Zantu keek over Brianna's hoofd heen om zijn broer te begroeten. 'Wat dacht je wel niet, Rubac? De diepten zijn geen plek voor een jongeling.'

'Jij weigerde te helpen.' Rubac boog zijn hoofd. 'En vader nam ons hier vroeger ook altijd mee naartoe. Ebby wilde komen.'

'Ik wilde een walvis zien.' Ebby keek Rubac aan met de zorgeloosheid van een kind dat de dood niet kent. 'Maar we zijn de baby kwijtgeraakt.'

Zantu voelde een vleugje medelijden met zijn broer. 'Wat is er gebeurd?'

Rubac bedekte zijn gezicht met beide handen. Ebby wurmde zich tegen hem aan voor een knuffel. Het kind antwoordde voor hem. 'Didra heeft hem in de diepte laten vallen.'

Het medelijden in Zantu's ziel werd sterker, maar er

was niets meer aan te doen. 'Het kind is weer één met de zee. Dat is het enige wat je kunt wensen.'

Terwijl hij Brianna stevig tegen zich aan klemde, wees hij de weg terug naar het kelpwoud.

Zantu droeg een slapende Brianna terug naar zijn nest en legde haar op het bed van sponzen. Hij bracht de nacht door terwijl hij haar vasthield, haar streelde, de liefde met haar bedreef en elk moment in zijn geheugen grifte zodat het een leven lang mee zou gaan. Hij wilde haar voor altijd aan zijn zijde, maar als het incident van vandaag hem iets had geleerd, dan was het wel dat Brianna niet in de oceaan thuishoorde. Ze kon niet zingen. Ze kon niet eens het volledige scala aan tonen horen dat de oceaan voortbracht. En zelfs als de ademspreuk permanent gemaakt kon worden, kon ze zichzelf niet verdedigen; het net was een gelukstreffer geweest, een die waarschijnlijk niet herhaald zou worden.

Ze hoorde op het land.

Als ze bij hem in de oceaan bleef, betekende dat alleen maar de dood voor hen beiden. En hoewel hij in een oogwenk voor haar zou sterven, was de gedachte dat zij zou sterven vanwege zijn egoïstische behoefte om haar dichtbij te houden onaanvaardbaar. De enige plek waar ze veilig zou zijn, was terug bij haar eigen soort.

Hij wist dat ze tegen zijn beslissing zou vechten. Zich zou verzetten tegen zijn plan om haar terug te sturen. Hoe vreemd was het dat hij op het punt stond precies datgene uit te voeren waar hij vanaf het begin van hun partnerbinding bang voor was geweest.

Bij de eerste tonen van het ochtendkoor tilde hij haar voorzichtig op en droeg haar het nest uit. Elke met koraal bedekte steen die ze passeerden op weg naar de kust, voelde als een extra last op Zantu's ziel. Hij kwam boven water terwijl gouden lichtstralen over de rimpelingen schitterden in de baai die hij voor haar had uitgekozen. Zijn longen voelden zich beklemd door meer dan alleen de onwennige lucht, terwijl verdriet hem dreigde te doen omkeren. Hij dwong zichzelf verder te gaan, wetende dat dit de enige manier was om zijn partner veilig te houden. Het kiezelstrand was verlaten in het ochtendlicht, maar er lag een klein bootje op de oever en er stond een huis met uitzicht op het water tussen door de wind geteisterde bomen op een rotsachtige heuvel.

Ze ontwaakte toen zijn staart over de rotsachtige bodem schraapte, haar slaperige gedachten reikten naar hem, zoekend naar troost.

Zantu? Waar zijn we?

Hij zette haar voeten op de bodem. *Je moet naar huis, mijn engelvisje.*

Ze tastte naar hem, haar vingers gleden over zijn schouders. *Wacht! Ik begrijp het niet!*

Hij klemde zijn kaken op elkaar en dook onder de golven, terwijl hij snel en ver de zee in zwom.

Verlaat me niet! Zantu!

Haar kreten volgden hem tot aan de rand van de woeste diepten.

Zantu zwom langs het grensvlak waar het koude noordelijke water de stroming bij de kelpbedden ontmoette. Sinds hij Brianna had achtergelaten, leken de donkere wateren van de woeste diepten aan zijn ziel te trekken. Hij had de afgelopen vier manen de bodem afgezocht naar schatten. Zijn nest lag vol menselijke spullen, van vergulde schilderijlijsten tot onidentificeerbare plastic apparaten.

Maar niets daarvan was het ene menselijke ding dat hij wilde.

Hij cirkelde om de lange metalen container van een vrachtschip die op een richel was blijven steken. Deze leek onbeschadigd. Het koude water van de onderste stroming was in zijn botten gedrongen en zijn vingers waren stijf terwijl hij een brok basalt optilde om het slot kapot te slaan. Zeemensen hadden niet de vetlaag die walvissen en andere zeedieren warm hield in noordelijke wateren, en hij was hier al langer beneden dan hij gewoonlijk kon verdragen. Maar het vinden van menselijke kunstvoorwerpen was het enige dat hem interesseerde sinds hij Brianna had verlaten, dus bleef hij doorgaan.

Het roestige metalen slot bezweek onder de klap. Toen het verwijderd was, zette hij zijn schouder tegen de stang die de deur beveiligde en duwde. De grendel gaf mee met een roestig, hol, knarsend geluid, evenals de scharnieren toen hij de deur opende. Hij kneep zijn ogen samen en stuurde een sonische roep uit om de inhoud te beoordelen.

Bergen verrot textiel.

Teleurstelling deed hem naar de rotsachtige uitloper zinken. Vernietigd door de zee. Dat leek het verhaal van de meeste menselijke dingen hier beneden. Kapot. Vergaan. Niet in staat om te overleven.

De bekende hartslag van een walvis bereikte hem en hij realiseerde zich dat hij te lang had gerust. Zijn gewrichten waren stijf van de kou en zijn hart leek moeite te hebben om te kloppen. Gaan slapen leek een goed idee.

De walvis sloeg met zijn staart op het water en riep naar het krill dat hij wilde verorberen. Walvissen waren een van de weinige wezens, vis of zoogdier, die woorden in hun lied hadden. Rubac zwoer dat zij de bewaarders van mythen waren en treurde nog steeds om de verloren kans om zijn kind te verheffen.

Zantu dacht aan zijn laatste ontmoeting met een van hen, toen Brianna aan zijn zijde was geweest. Het wezen had de magie van verheffing niet ontkend, dus misschien bevatte de mythe een kern van waarheid.

Maar hij had ook nog iets anders gezegd. Iets wat nu pas weer in zijn herinnering bovenkwam. *Ik heb in geen honderd jaar een verbonden mens gezien. Je hebt veel te leren.*

Zantu fronste zijn wenkbrauwen, zijn bloed begon iets sneller te stromen. Wat viel er te leren? Was er iets wat hij over het hoofd had gezien? Hij verzamelde zijn krachten en dwong zijn koude spieren hem omhoog te dragen, naar het gezang van de walvis.

Hij vond de walvis cirkelend vlak onder het oppervlak, zijn enorme, met littekens bedekte lichaam zwart tegen het licht.

'Grote Walvis,' riep Zantu. De ijskoude wateren hadden hem zijn stem beroofd en de walvis merkte de kleine bezoeker niet op en vervolgde zijn tocht met open bek door de wolken krill. Hij probeerde het nog eens. 'Grote walvis, ik heb een vraag.'

De walvis negeerde hem nog steeds en sloeg op het water.

Zantu versterkte zijn lied. 'Alstublieft, ik heb een menselijke partner. Ik heb uw hulp nodig.'

Het slaan van de walvis stopte en zijn met zeepokken bedekte lichaam vertraagde zijn vaart door de zwerm. Hij richtte zijn grote zwarte oog op hem. 'Partner?' kraakte het wezen. 'Hoe is dit gebeurd?'

Het verhaal vloeide eruit als een muistroom, over hoe hij haar had ontmoet, hoe ze haar loyaliteit had bewezen, hoe hij gedwongen was geweest haar vrij te laten. Het navertellen liet Zantu mentaal uitgeput achter.

De walvis vatte zijn cirkelbeweging door het krill weer op. 'Als zij niet bij u kan zijn, waarom voegt u zich dan niet bij haar?'

Zantu's gedachten tolden. 'Me bij haar voegen? Hoe zou ik dat moeten doen?'

'Mensen en zeemensen zijn in de geschiedenis van de wereld nog niet zo heel lang geleden uit elkaar gegaan. U kunt lucht inademen, nietwaar?'

Hoewel zeemensen het oppervlak meden, had Zantu inderdaad een handvol keren lucht ingeademd en wist hij dat dat klopte. 'Ja, maar lucht inademen is slechts een deel van het verhaal. Zij leeft op het land. Met benen.'

De hartslag van de walvis klonk als gelach. 'Zijn de zeemensen werkelijk alle kennis van hun magie kwijtgeraakt? Zoals u haar het geschenk van de oceaan kunt geven—het vermogen om onder water te ademen—zo kan zij u het geschenk van het land geven.'

Zantu's hoofd tolde. 'Bedoelt u benen?'

'Echte partners sluiten compromissen om bij elkaar te zijn. Soms geeft de een meer, soms de ander. Het is de gang van zaken als zij samen willen zijn.'

'Ik zou op het land kunnen leven,' zei Zantu, de woorden uitproberend alsof hij het idee proefde.

'Inderdaad,' zong de walvis en hij sloeg met zijn staart om de wegvluchtende wolk krill te achtervolgen.

'Wacht! Hoe?'

Maar de walvis stopte niet. Zijn woorden zweefden terug in een echo van gezang. 'Als jullie verbonden zijn, dan weten jullie het al.'

Zantu wist niet zeker wat dat betekende. Maar hij was vastbesloten om erachter te komen. Bezield met nieuwe hoop richtte hij zich op het wateroppervlak.

HOOFDSTUK 12

Omringd door de geur van rottend zeewier en zout stond Brianna op van de vochtige rots en klikte de picknickmand dicht waarin haar lunch had gezeten. Met haar gezicht naar de zee gekeerd, veegde ze wat zand van haar katoenen capribroek. Zoals altijd fluisterde de leigrijze oceaan haar toe, terwijl de golven de kust kusten met beloften die nooit werden ingelost. Soms spoelde het water het strand schoon, waardoor ongeschonden kiezels schitterden in de zon. Soms liet het rijen afval achter. Vandaag lag het strand er schoon bij.

Ze riep met haar geest, zoals ze dat elke keer deed voordat ze de inham verliet, *Zantu!*

Zoals gebruikelijk kreeg ze alleen stilte terug.

Misschien had haar therapeut gelijk. Haar tijd in de oceaan was een hallucinatie geweest. Haar partner een mythe.

Alsof het kind in haar het er niet mee eens was, draaide het zich om, een sensatie die aanvoelde als minuscule belletjes. Ze legde haar hand op haar nog nauwelijks ronde buik. 'Maak je geen zorgen, kleintje. Ik weet dat ik niet gek ben.'

Na haar gedwongen terugkeer naar het land was ze de trap naar het huisje opgeklommen. Het drijfhoutgrijze gebouw had duidelijk lange tijd leeggestaan, maar de deur was niet op slot en binnen had ze wat oude kleren gevonden. Na een korte wandeling over de onverharde weg had ze de snelweg bereikt, een auto aangehouden en was ze teruggekeerd naar de stad.

Binnen een week had Eric de echtscheidingspapieren zonder vragen ondertekend. Kort daarna ontdekte ze dat ze zwanger was. De gedachte om alleen een kind op te voeden brak haar hart, maar ze wist dat er nooit meer een andere man in haar leven zou zijn. Zantu was haar partner en zou dat altijd blijven.

Ze had het kleine huis op de klif met uitzicht op het strand van Zantu gekocht en een baan aangenomen bij het nabijgelegen marien onderzoekscentrum. Ze was weliswaar slechts boekhouder, maar in de buurt van de vissen en andere wezens voelde ze zich thuis.

En soms zwoer ze dat ze hen kon horen zingen.

Terwijl ze haar geschoeide voeten voorzichtig over de ongelijke strandkeien zette, liep ze naar de trap die naar het huis leidde. Het werd vloed, en hoewel ze er soms van droomde om zich weer in de omhelzing van de oceaan te werpen, wist ze wel beter dan te hopen op een tweede redding. Bovendien had ze nu een ander leven om aan te denken.

De gure bries in haar rug leek haar naam te roepen terwijl ze verder liep, de stenen knisperend onder haar voeten. *Brianna...*

Ze hield stil, hield haar hoofd schuin en sloot haar ogen om de streling van de wind te accepteren. Ze droomde vaak zo: haar naam op de lippen van haar minnaar, de gewaarwording van het woord op haar huid.

Brianna...

Ze opende haar ogen. Dit was niet de wind. *Zantu?*

De baby draaide zich weer om, trappelend in haar alsof hij danste op een lied.

Brianna, ik heb je nodig.

Ze draaide zich om naar de zee en verzwikte bijna haar enkel op de ongelijke stenen. Een zilveren staart klapte vlak bij de klif in het water.

'Zantu,' fluisterde ze, terwijl de lucht in haar longen weigerde te stromen. Toen gaf ze met haar volle kracht een schreeuw, 'Zantu!'

Zonder acht te slaan op haar schoenen, haar kleren of de ondergrond, smeet ze de picknickmand opzij en rende de golven in. 'Zantu, ik ben hier!'

Een hoofd verscheen boven het oppervlak, iets dichterbij dan voorheen, met zilveren haren die versmolten met de grijsbewolkte horizon, en was toen weer weg.

Ze bleef staan toen het water haar middel bereikte, haar sandalen wegglijdend over de hobbelige bodem. Golven tilden haar op en lieten haar weer zakken. Had ze het zich ingebeeld? Ze staarde over het water, terwijl elke vezel in haar lichaam hem riep. *Ik ben hier!*

Een zilveren gestalte materialiseerde zich onder het spiegelende water voor haar, en daarna verrees de naakte, glanzende torso van Zantu.

'O mijn god.' Ze stapte naar voren, gleed uit en viel in zijn armen. Ze overlaadde zijn gezicht met kusjes, hapte naar water toen ze beiden kopje-onder gingen en vond zijn mond voor een kus.

Hij duwde haar weg, omhoog naar de oppervlakte. *Nee.*

Snakkend naar adem en hoestend klemde ze haar handen op zijn schouders, terwijl haar voeten naar de bodem zochten. *Waarom ben je hier dan? Verlaat me alsjeblieft niet weer.*

Hij kwam omhoog om haar aan te kijken en hielp haar rechtop te staan. Ze greep hem stevig vast om zijn nek. Ze sloeg haar benen om zijn heupen. *Ik laat je niet gaan. Je moet me met je meenemen.*

Terwijl hij zachtjes lachte tegen haar haar, verplaatste hij zijn handen omlaag om haar billen te ondersteunen en begon hij naar de kust te lopen. Hij struikelde één keer, maar herstelde zich. Toen besefte ze dat er iets veranderd was. Hij zwom niet. Hij liep.

Hij *liep* naar de kust.

Brianna liet bijna los. '*Wat...*'

Ik ben hier voor jou, engelvisje. Het is jouw beurt om magie met mij te delen.

Als een oude god verrees hij uit het water en droeg haar naar de klif.

'*Je bent menselijk!*' Ze sprak de woorden hardop uit terwijl ze ze dacht. Nog steeds in shock liet ze haar voeten naar de grond zakken om hem te laten stoppen. '*Ben je echt gekomen om te blijven?*'

'*Ja.*' Hij gebruikte dit keer zijn echte stem in plaats van alleen zijn gedachten. Het woord, hoewel met een accent, was helder, diep en verschrikkelijk sexy.

Ze deed een stap naar achteren en haar blik dwaalde over zijn brede schouders naar zijn gespierde buik en lager, naar daar waar zijn lid halfstok stond tussen schaarse zilveren krullen. Waar zijn staart had gezeten, had hij nu perfecte, atletische benen. Haar aandacht keerde terug naar zijn lul. 'Je bent naakt! En je bent een man.'

Zijn lul trok samen en sprong overeind. 'Ja, dat ben ik.'

Hoe verleidelijk hij ook was, ze dwong haar blik terug naar zijn ogen. Ze waren net zo zilverachtig als ze zich herinnerde, zijn lippen net zo heerlijk. Ze stak een hand uit om met een vinger de zachte huid te volgen.

Vanaf het strand verderop schrikte een kinderstem Brianna op uit haar lust. Hoewel haar kleine inham over het algemeen afgelegen was, was het zeker niet privé. Er zou later tijd genoeg zijn om Zantu te verkennen. Heel veel tijd.

'Je hebt kleren nodig.' Ze trok haar windjack uit en wikkelde het om zijn heupen. Tot haar spijt en plezier bedekte het niet alles, dus moest ze het scheef trekken om de belangrijkste delen te verbergen.

'Waarom mag jij je uitkleden en moet ik me aankleden?' Hij trok aan de geknoopte stof en ze gaf hem een zacht tikje op zijn hand.

'Je moet nog veel leren over mensen.'

'Ik kijk ernaar uit.'

Ze pakte zijn hand en leidde hem langs de nieuwsgierige blikken van twee spelende kinderen die met vliegers over het winderige strand liepen. *Nou, je mag het vanaf het prille begin gaan leren—papa.*

Zijn moment van verwarring werd gevolgd door een vreugdekreet die weergalmde tegen de rotsachtige kliffen en de kinderen in de buurt aan het giechelen maakte. Hij nam haar in zijn armen en draaide haar rond terwijl ze lachte.

Samen beklommen ze de trap naar hun huis met uitzicht op de oceaan. Ze had haar partner gevonden. Haar ware liefde. De vader van haar kind.

Beste lezer,

Bedankt dat je *De kus van de zeemeerman* hebt gelezen! Ik hoop dat je net zo verliefd bent geworden op Zantu en Briana als ik ben tijdens het schrijven.

Het volgende boek in de *Gebonden aan monsters*-serie is *De prooi van de zeemeerman*—en dit keer is het Zantu's broer Rubac die in de problemen zit. Hij is vervloekt, hij heeft nog maar één kans om te overleven, en die kans heeft een naam: Madison. Het enige probleem? Hij mag haar niet laten leven.

Lees verder voor het eerste hoofdstuk!

Wil je meer? Meld je aan voor mijn VIP-nieuwsbrief en ontvang direct een exclusieve verwijderde scène uit *De kus van de zeemeerman*—gratis, alleen voor mijn trouwste lezers.

MELD JE AAN
https://BookHip.com/XMSLGWR

Liefs,
Tamsin Ley

FRAGMENT UIT DE PROOI VAN DE ZEEMEERMAN

De motor van de boot pruttelde even, haperde met een knal en stierf toen af. Met een hartgrondige vloek zette Madison alles uit en liep ze naar het motorcompartiment om de choke bij te stellen. *Stomme huurboot.* Ze zou pisnijdig zijn als ze gesleept moest worden om terug op het vasteland te komen.

Een hoge, zoete toon kaatste over het water als de lach van een klein kind. *Wat was dat?* Ze hield op en speurde de golven af. De toon veranderde in iets wat leek op een zwoele hobo of saxofoon die een lange noot aanhield, begeleid door een dwingend ritme als een hartslag. Was er een ander vaartuig in de buurt dat muziek draaide? Ze zag er geen één.

Ze sloot haar ogen en snoof de zoete, zilte lucht op voordat ze ze weer opende om de bron van het lied te zoeken. De zon schitterde als diamanten op het wateroppervlak, waardoor ze haar ogen tot spleetjes moest knijpen. Was dat een man die naar haar toe zwom?

Hij verdween onder het oppervlak en het lied dreunde door het dek tegen haar voeten. De trilling kroop langs haar benen omhoog in heerlijke rillingen om zich in haar kern te concentreren. *God, dat voelt goed.* Voor ze het wist, stond ze bij de verschansing.

Een man met donker haar kwam ongeveer zes meter verderop boven water, zijn kortgeknipte baard droop van het water. Hij had de brede schouders en het slanke, gespierde bovenlijf van een wedstrijdzwemmer. Een oorbel van een spiraalvormige schelp krulde door een oorlel, en een groot stuk parelmoer doorboorde de tepel van zijn goedgevormde linkerborstspier. Hij streek in een betoverend ritme over een wit voorwerp met tanden dat aan een koord om zijn nek hing, schijnbaar onverstoord door het feit dat hij midden op zee dreef. Wat haar echter het meest opviel, was de limoengroene kleur van zijn ogen. Een gevoel van duizeligheid welde in haar maag op en ze verlangde ernaar te ontsnappen aan de schommelende beweging van het dek. Ze leunde tegen de verschansing om zichzelf in evenwicht te houden.

'Hallo? Hebt u hulp nodig?' Ze wist niet wat ze anders moest vragen. Hij was te ver uit de kust om van het strand te zijn gekomen.

Hij opende zijn mond en de schokkend fysieke melodie die haar naar de zijkant had gedreven, zwol luider aan.

Haar kern spande zich aan met een verrassende intensiteit, heerlijk orgastisch. De wetenschapper in haar vroeg zich vaag af of een orgasme door auditieve stimulatie überhaupt mogelijk was. Daarna stopte ze met analyseren en stond ze toe dat de sensatie haar meevoerde als een krullende groene golf. Haar tepels werden stijf onder haar shirt en warmte verzamelde zich diep in haar buik. Ze klemde beide handen om de rand van de verschansing, haar benen trillend.

De man dook onder en onthulde wat leek op een kanten groene rugvin langs zijn ruggengraat. Een felgroene staart volgde, waarbij de golvende vin een regen van water haar kant op stuurde. Ze knipperde met haar ogen en herwon een vluchtig moment van wetenschappelijke nieuwsgierigheid. *Was dat...? Onmogelijk.* Toen veranderde het lied weer in dat diepe ritme dat tot in haar botten doordrong, opstijgend door het dek, door haar benen. Beukend tegen haar bekken alsof een man diep in haar stootte.

Terwijl ze scherp inademde, wierp ze haar hoofd naar achteren, verloren in de extase. De vloedgolf van primair gevoel overweldigde haar logica. Elke centimeter van haar huid tintelde van elektrisch verlangen en ze smachtte ernaar om aangeraakt te worden. Nu.

Haar hand gleed naar haar borst en streelde haar tepel tot een pijnlijk hoogtepunt. Ze had meer nodig. Ze had deze man nodig, die op de een of andere manier haar meest basale emoties opriep. Vooroverbuigend, met één hand op de verschansing terwijl de andere haar tepel nog steeds klemde, tuurde ze in het water. Waar was hij gebleven?

Zijn gezicht verscheen vlak onder haar en kwam haar tegemoet. Een paar limoengroene ogen boorden zich in de hare met een verleidelijk doel dat overeenkwam met de trillingen in haar lichaam. Ze boog zich naar voren, gehoor gevend aan de roep.

Hij doorbrak het oppervlak en raakte haar lippen met de zijne. Het contact deed haar in een spiraal naar een hoogtepunt storten. Haar greep op de verschansing verslapte en ze stortte langs hem heen het ijskoude water in.

DANKWOORD

Jullie, mijn critiquepartners, weten wie jullie zijn. Ik dank jullie dat ik jullie de oren van het hoofd mocht kletsen, voor jullie gulle tijd en voor jullie voortdurende input wanneer ik een deadline afsprak die we met ons drukke critiqueschema onmogelijk konden halen. Dit verhaal zou er zonder jullie niet zijn geweest.

Ooit dacht ik dat ik biomedisch ingenieur wilde worden—maar experimenten uitvoeren op laboratoriummuizen leidt niet altijd tot een 'en ze leefden nog lang en gelukkig'.

Nu combineer ik mijn nerdy fascinatie voor wetenschap met karaktergedreven romances en gegarandeerd gelukkige eindes.

Mijn monsters vinden altijd hun fated mate—te midden van pittige heldinnen, gekwelde helden en alle pikante avonturen die ze aankunnen. Ik beloof dat mijn verhalen je nooit in het ongewisse zullen laten al zou het zomaar kunnen dat je daarna hunkert naar meer!

Als ik niet aan het schrijven ben, vind je me in de tuin of de keuken, terwijl ik samen met mijn man Alaska verken of bezig ben met de voorbereidingen op de zombie-apocalyps. Ook haak ik graag terwijl ik Netflix-series bingewatch, speel ik videogames en breng ik quality time door met mijn gezin tijdens onze wekelijkse D&D-sessies.

Wil je meer over mij weten? Word dan lid van mijn VIP-lezersgroep en ontvang exclusieve bonuscontent, updates en gratis verhalen!

news.tamsinley.com/VxUtr8

OOK VAN TAMSIN LEY

FANTASY ROMANCE

Gebonden aan monsters

Tritonen, centaurs en djinn ontdekken de liefde naast hun menselijke fated mates.

<u>Binnenkort</u>

SCIENCE FICTION ROMANCE

Alien fated mates—Intergalactisch datingbureau

Alien shapeshifter-krijgers doorkruisen de melkweg op zoek naar hun menselijke fated mates.

Alien piratenbruiden—Fated mates tussen de sterren

Buitenaardse piratenkapiteins ontvoeren menselijke vrouwen voor gevaarlijke missies—en ontdekken hun voorbestemde zielsverbinding tussen de sterren.

PARANORMALE ROMANCE

De Alaska alphas—Wilde shifter romance

Sexy alpha shifterhelden en ontembare heldinnen in de wilde natuur van Alaska.